KB078167

먹을수록 강해지는 폭식투수 8

키르슈 현대 판타지 소설

초판 1쇄 찍은 날 § 2021년 1월 26일
초판 1쇄 펴낸 날 § 2021년 2월 2일

지은이 § 키르슈
펴낸이 § 서경석

편집책임 § 이민지
디자인 § 공간42

펴낸곳 § 도서출판 청어람
등록번호 § 제387-1999-000006호
등록일자 § 1999. 5. 31
어람번호 § 제1-3112호

주소 § 경기도 부천시 부일로 483번길 40 서경B/D 3F (우) 14640
전화 § 032-656-4452 팩스 § 032-656-4453
http://www.chungeoram.com
E-mail § chungeorambook@daum.net

ⓒ 키르슈, 2020

ISBN 979-11-04-92307-4 04810
ISBN 979-11-04-92226-8 (세트)

※ 파본은 구입하신 서점에서 교환하여 드립니다.
※ 저자와 협의하여 인지를 붙이지 않습니다.
※ 이 책은 도서출판 청어람과 저작자의 계약에 의해 출판된 것이므로,
   무단 전재 및 유포·공유를 금합니다.

먹을수록 강해지는

폭식투수

8

키르슈 현대 판타지 소설

MODERN FANTASTIC STORY

목차

메이저리그에서 올스타로 (2)

호르헤 솔레어는 원래 시카고 컵스의 선수였다.

하지만 당시에 주전은 아니었다.

타율은 2014년부터 16년까지 꾸준히 떨어졌고 홈런도 10개 내외였다.

2016년 월드 시리즈 때 3루타 2개를 쳐 내며 괜찮은 모습을 보여 주긴 했어도 그게 끝이었다.

그래서 월드 시리즈 우승을 차지했음에도 그 기쁨이 채 가시기도 전에 캔자스시티 로얄스로 트레이드됐다.

그 후 찾아온 부상으로 인해 2년간 제대로 뛰지 못했던 그는 2019년 아메리칸리그 홈런왕으로 화려하게 부활했다.

"시카고 컵스의 에이스 투수라."

예전 팀에 악감정이 아예 없다고 묻는다면 아니라고 대답할
수는 없었다.

자신의 가능성을 똑바로 보지 않고 다른 팀에 넘겨 버린 팀
에 대해서 실망하는 건 당연했다.

하지만 그걸 원망할 수도 없는 게, 메이저리그는 철저하게 비
즈니스로 움직인다.

자신의 가치가 그때 그 정도밖에 안 됐다는 사실은 부정할
수 없었다.

"그래도 이런 자리가 마련됐다는 게 참 반갑기도 하고 씁쓸
하기도 하네."

원래 있었던 팀의 에이스 투수와 올스타전에서 맞붙게 됐다.

이대로 상대의 코를 눌러서 자신이 아메리칸리그의 홈런왕
임을 확실히 보여 주고 자신을 트레이드로 팀에서 내보낸 시카
고 컵스의 판단이 틀렸음을 증명하고 싶었다.

무엇보다 상대는 메이저리그 0점대 평균 자책점을 기록하고
있는 최고의 투수.

그런 투수를 상대로 홈런을 쳐 보고 싶은 욕망도 있었다.

하지만 누구나 그럴싸한 계획은 가지고 있는 법이다.

"스트라이크!"

직접 이상진의 공을 마주한 호르헤 솔레어는 눈을 부릅떴
다.

예전보다 파워도 좋아졌고 선구안도 나아졌지만 이 공은 아
니었다.

생각했던 것 이상의 빠르기와 구위였다.

'직접 보는 게 나을 거라더니.'

얼마 전에 연락했던 앤서니 리조가 웃으면서 했던 말이 떠올랐다.

시카고 컵스에서 나름대로 친하게 지냈던 그는 이상진의 공에 대해서 묻자 직접 봐서 아는 게 더 빠를 거라고 했다.

'1이닝만 던진다더니.'

아메리칸리그에서 난다 긴다 하는 선수들과도 맞붙어 본 경험이 있었다.

특히 작년의 찰리 모튼, 저스틴 벌렌더, 게릿 콜, 셰인 비버 같은 선수들과도 수차례 아메리칸리그에서 부딪쳤다.

그런데 이상진은 격이 달랐다.

"파울!"

이번에는 배트를 갖다 댈 수는 있었다.

있는 힘껏 휘둘러 봤지만 자신의 배트가 밀려나는 걸 믿을 수 없었다.

3구째도 마찬가지였다.

강력한 투심 패스트볼에 파울 팁으로 아웃되고 말았다.

'미칠 노릇이네. 내 다음에 나올 트라웃도 이걸 맛봤으면 좋겠는데.'

타석에서 물러나면서 호르헤 솔레어는 피식 웃고 말았다.

LA 에인절스의 마이크 트라웃도 아직 이상진과 맞대결을 펼쳐 본 적이 없다.

저 공을 직접 보면 과연 무슨 소리를 할까.

그는 자신까지 상대하고 내려가는 이상진을 아쉬운 눈으로 바라보며 괜히 경기장의 흙에 심술을 부렸다.

*　　　*　　　*

「이상진 1.1이닝 무실점 4탈삼진 달성. 올스타전 선발로 제 몫을 해 내」

「유형진 1이닝 무실점, 이상진 2.1이닝 무실점. 한국의 자존심을 메이저에서 세우다」

「한국인 투수의 선발 대결은 무승부. 8월의 승부가 기대된다」

유형진은 1이닝 1탈삼진 무실점, 그리고 이상진은 1.1이닝 동안 4탈삼진을 거두며 올스타전의 선발로서 제 역할을 다했다.

그날의 백미는 내셔널리그의 6 대 5 승리로 경기가 끝난 뒤 경기장 한가운데에서 포옹하는 두 한국인 선수의 모습이었다.

로스앤젤레스에는 꽤 많은 수의 재미교포들이 살고 있었고 그들 역시 오늘 올스타전을 관전하러 찾아왔다.

두 선수가 포옹하며 악수를 나누자 미국에 있던 한국인들은 모두 기립해서 박수를 보냈다.

"옛날에 봤던 이상진이 아닌데?"

"그거야 당연하죠."

"그런데 8월에 우리 붙는 거 알지?"

형진의 말에 상진은 씩 웃으며 고개를 끄덕였다.

내셔널리그와 아메리칸리그로 구분이 되어 있다고 해도 만날 일은 충분히 있었다.

8월 중순에 토론토 블루제이스와 시카고 컵스가 맞붙는 경기가 있다.

지금 형진은 그것을 말하고 있었다.

"너하고 한번 제대로 붙어 봤으면 좋겠다."

그 말에 상진은 눈을 동그랗게 떴다.

예전에는 하늘과 같았던, 그리고 도저히 따라잡을 수 없을 것만 같았던 선배가 지금 자신에게 투지를 불태우고 있었다.

자신이 처음 데뷔했을 때 유형진은 이미 메이저리그 진출 이야기가 나오고 있던 대선수였다.

데뷔하자마자 신인왕과 MVP를 차지했었고 국내 투수들 중에 견줄 자가 없던 투수였다.

충청 호크스 팀 내에서는 가장 큰 전력이자 후배 투수들의 우상이었다.

어떻게 하면 저렇게 잘 던질 수 있는지 궁금해하기도 했고 대단하다고 생각하기도 했었으며 어쩔 때는 실망하기도 했다.

하지만 유형진은 메이저리그에 데뷔했고 이상진은 이후 찾아온 부상에 신음했다.

서로 엇갈렸던 길이었는데 이렇게 메이저리그에서 서로 만나게 될 줄은 몰랐다.

"그때 꼭 붙었으면 좋겠네요."

토론토 블루제이스의 1선발로 꼽히는 유형진이었다.

서로의 필승카드를 맞부딪치기보다는 1승씩 나눠 갖는 편이 더 나은 지금 시카고 컵스의 1선발로 여겨지는 이상진과 유형진의 맞대결은 어려울지도 몰랐다.

그래도 둘은 서로 원하고 있었다.

*　　　　　　*　　　　　　*

올스타전이 끝난 이상진은 아주 짧게나마 휴식을 가졌다.

올스타전을 치르지 않는 선수들은 푹 쉬고 다음 경기를 준비하려 훈련을 시작했고 상진은 그 모습을 구경했다.

"훈련 금지령이라니. 감독님도 너무하신 것 아니냐고."

"그래도 내일까지 쉬어. 올스타전에서 1.1이닝만 던졌다고 해도 무리할 수는 없잖아?"

조나단은 벤치프레스를 마치고 어깨를 풀며 핀잔을 주었다.

이 구단에서 누구보다 많이 먹고 누구보다 많은 훈련을 소화하는 게 이상진이었다.

그러면서도 가장 이상적인 근육 형태를 유지해서 트레이너가 감탄하게 만드는 게 신기할 정도였다.

"너도 올스타에 갔으면 좋았을걸."

"됐네. 아무리 내가 날고 기어도 몰리나는 못 이겨. 그 인간이 각성해서 날뛰는데 내가 무슨 수로 따라잡냐. 아마 은퇴한 후 명예의 전당에 도전하면 분명히 오를 거다."

이상진이 생각해도 야디어 몰리나는 그럴 만한 선수였다.

골드글러브를 아홉 번이나 수상했고 그중에 8년이나 연속으로 수상했다.

게다가 올해 2천 경기 출전에 2천 안타까지 달성했으며 세인트루이스 카디널스에서만 선수 생활을 한 원 클럽 맨이라는 점도 컸다.

무엇보다 월드시리즈 우승을 두 번이나 경험한 포수였다.

모든 지표상으로 그는 명예의 전당에 오를 만했다.

"그리고 그 사람은 카디널스의 선수라는 점만 빼고는 인격자니까."

이상진은 피식 웃었다.

작년 제이크 마리스닉이 홈으로 쇄도하며 조나단과 정면으로 충돌한 적이 있었다.

그걸 본 몰리나는 자신의 인스타그램에 격한 말까지 쓰며 제이크를 비난했고 휴스턴 애스트로스 선수들과 설전을 벌이기도 했다.

그래서 조나단은 몰리나가 라이벌 팀인 카디널스의 영웅과 같다고 해도 매우 좋은 인상을 갖고 있었다.

"나도 은퇴하면 명예의 전당에 오를 수 있을까."

"한 10년은 남지 않았냐? 벌써부터 명예의 전당을 생각하기보다 월드시리즈 진출을 생각해 두는 게 낫지 않겠냐?"

"그거야 그렇긴 하지."

누적기록에 눈독을 들이는 건 아직 멀었다.

상진은 끝없이 솟아나는 욕심에 웃음을 터뜨리고는 어깨를 으쓱거렸다.

"구경하고 있으니 몸이 근질거려서 못 참겠다."

"그러면 먹방이나 찍어 보든가. 요새 네 채널은 그거로 핫하던데."

"젠장, 그거 유행이 언제 지나갔는데 그래?"

야구 시즌이 시작되고 나서 이상진의 채널도 시들해졌다.

그도 그럴 것이 야구 관련 영상은 메이저리그 중계가 훨씬 나았다.

그나마 요새는 이상진의 일상적인 이야기 정도가 주로 올라가는데, 그런 걸 궁금해하는 팬들은 생각보다 적었다.

"나도 은퇴하고 나면 인터넷에서 방송이나 해 볼까?"

"그 전에 유종의 미를 거둘 생각이나 해라."

*　　　*　　　*

선발 로테이션을 돌다 보면 재미있는 일이 생기곤 한다.

올스타전을 끝낸 이상진은 일정을 확인하고 씩 웃었다.

아직 퍼펙트게임이나 노히트노런을 기록하지는 못했어도 그가 시카고 컵스를 넘어서서 메이저리그 최고의 투수임을 의심하는 사람은 아무도 없었다.

"다음에는 카디널스네. 화이트삭스에 카디널스, 무슨 라이벌 전만 올라가는 것 같아."

"화이트삭스야 뭐 그렇다 쳐도 카디널스는 그냥 넘어갈 수 없지."

팬층만으로 따지자면 이 근처의 팬층은 시카고 컵스와 세인트루이스 카디널스가 반반씩 나눠 먹는 거나 다름없었다.

특히 컵스 팬들은 시카고 화이트삭스가 먼저 월드 시리즈에서 우승을 거뒀다고 해도 갈아타는 사람은 아무도 없을 정도로 광적이었다.

아마 카디널스와의 경기에서 개판으로 던진다면 그들은 당장 들고일어날 것이다.

"왜 웃냐?"

"그냥 이런 일정이 웃겨서? 올림픽 출전하기 전에 막 굴리는 구단이 이해가 되긴 하지만 역시 피곤할 것 같아서."

지난 경기에서 9이닝을 무볼넷으로 끝낸 이상진은 84이닝 무볼넷 기록을 세웠다.

이제 빌 피셔가 세운 기록까지 0.1이닝만이 남았을 뿐이었다.

"가서 인터뷰나 하고 와라."

"젠장. 매번 수훈 선수 인터뷰 하는 것도 귀찮아 죽겠네."

"그러면 수훈 선수급의 활약을 하지 말든가."

"차라리 밥을 먹지 말라고 해라."

그래도 이상진만큼의 활약을 해내는 시카고 컵스의 선수는 없었다.

타선이 빈 공에 시달려 1점을 짜낼 때도 이상진만은 철벽같이 마운드를 지켰다.

점수를 내지 못하면 이기지 못한다.

그 공식을 상대 팀에게 고스란히 돌려주는 이상진이었다.

"미스터 리! 오늘 17승 달성을 축하드립니다! 무볼넷 이닝도 이제 0.1이닝만 남았는데, 어떤 기분이신가요?"

방송국 리포터도 무척이나 들뜬 표정이었다.

이상진은 비즈니스적인 미소를 얼굴에 잔뜩 띤 채로 그녀의 질문에 대답했다.

"우선 팬 여러분의 기대에 보답할 수 있어서 다행입니다. 이제 다음 경기에서 빌 피셔 선수를 넘어서 메이저리그 무볼넷 이닝 신기록을 세울 수 있다는 게 무척이나 기대됩니다."

"다음 경기는 세인트루이스 카디널스와의 경기입니다. 카디널스의 선수들 중 까다롭다고 생각되는 선수는 누구인가요? 혹시 토니 스미스 선수?"

순간 이상진의 눈썹이 꿈틀거렸다.

사신의 가호를 받는 또 다른 시스템 보유자의 이름에 기분이 살짝 상해서였다.

"글쎄요? 역시 마지막 불꽃을 불태우는 야디어 몰리나 선수나 덱스터 파울러 선수가 가장 무섭지 않나 싶네요."

"토니 스미스 선수는 올해 3할 8푼의 타율과 30홈런을 기록 중입니다. 그 선수는 별로인가요?"

리포터는 집요할 정도로 토니 스미스에 대해 물어 왔다.

그도 그럴 것이 토니 스미스는 현재 카디널스 최고의 타자로 떠오르고 있었다.

방금 전에 말한 성적도 우연히 낸 성적이 아니었다.

"딱히 신경을 쓰지는 않습니다. 좋은 선수이기는 해도 아직 젊고 공략할 방법은 많으니까요. 한국에는 믿는 도끼에 발등 찍힌다는 말이 있죠."

이상진은 입술을 비틀어 웃는 얼굴로 빈정거렸다.

"카디널스가 그를 믿고 있다면 저와의 경기 때 발등을 찍힐 겁니다."

라이벌은 인정하지 않는다

「이상진, 카디널스의 토니 스미스에게 독설」

「야디어 몰리나, 이상진이 토니 스미스를 크게 의식해서 한 말」

「격돌! 컵스의 방패와 카디널스의 창」

"하여튼 너는 기자들 밥 벌어먹게 해 주는 데 일등 공신이
다."

뉴스를 훑어보던 영호는 한숨을 내쉬며 상진을 돌아봤다.

집 안에 있는 운동기구로 열심히 운동하던 상진은 고개조차
돌리지 않고 대꾸했다.

"저도 언론을 이용하는 거예요."

"어떻게?"

"이래야 저한테 이목이 집중되니까요. 말만 이렇게 하면 모르겠지만 제가 실제로 제압을 하고 카디널스와 토니 스미스를 엿 먹이면 되잖아요?"

말이야 쉽지, 하고 말하려던 영호는 입을 다물었다.

늘 그렇게 이야기해도 이상진은 그걸 실제로 이루어 내는 놈이었다.

이번에는 또 무슨 짓을 할지 감도 잡히지 않았다.

"그래서 토니 스미스, 그놈이 그렇게 마음에 걸렸어?"

"가뜩이나 신경 쓰이는데 리포터가 대놓고 계속 물어보잖아요. 그쯤 되면 악의가 있어서 물고 늘어지는 거잖아요."

"그래도 그걸 덥석 물어 버리니까 네가 아직도 애 같단 소릴 듣는 거야. 경기 도중에 감정을 잘 추스르는 건 나도 안다. 하지만 경기가 끝난 뒤에도 좀 추슬러 보는 건 어떠냐?"

요새 이상진에게 있어서 승리란 달콤한 과실이 아니라 하나의 과정이었다.

시카고 컵스의 팬들은 상진에게 무조건적인 승리를 원했고 상진은 그 기대에 부응해 주었다.

그러다 보니 팬들은 그가 승리하는 걸 너무나 당연하게 여겼다.

그래서 이상진은 경기에 집중하며 감정을 철저하게 억눌러 두었다.

경기를 하며 생기는 분노나 경쟁심, 투쟁심을 꾹꾹 눌러놓았다가 경기가 끝나면 승리했다는 안도감으로 그것을 중화시켰다.

어제는 리포터가 그걸 뒤엎어 버렸다.

그동안 경기가 끝난 후 리포터가 계속해서 토니 스미스를 언급하자 절제해 두었던 감정이 한꺼번에 일순간 폭발했다.

그리고 승리를 거두어 안도했던 마음을 뒤엎어 버렸다.

"상관없잖아요?"

"쯧쯧, 언제 사람이 될까. 언론이 너를 나쁘게 쓰는 건 신경 안 쓰이고?"

"언론하고는 친한 사람이 어느 정도 있으니까요. 팬들 신경 쓰기도 바쁜데 안티팬까지 언제 신경 쓰고 있어요?"

신경 쓸 게 한두 가지도 아닌데 여론이 들썩거리는 것까지 신경 쓰고 싶지 않았다.

하고 싶다면 하고 싶은 대로.

이상진은 그렇게 살고 싶었다.

            *   *   *

토니 스미스는 웃어넘겼다.

이상진이 한두 해 그런 것도 아니거니와 동족 혐오라는 것도 있다.

친해져 보려고도 해 봤지만 역시 이상진은 쉽게 친해질 수 없는 선수였다.

"너에 대해서 그렇게 이야기하는 게 말이나 되냐?"

다른 선수들이 씩씩거리며 화를 내긴 했어도 토니는 그냥 웃어넘겼다.

이상진이 딱히 악의를 갖고 그런 인터뷰를 한 것은 아니었다.

"네 감상은 어떠냐?"

도널드의 질문에 배트를 휘두르던 토니는 잠깐 생각에 잠겼다.

"이상진에 대한 감상 말이죠?"

"그래. 그 동양인에 대해서 말이지."

"그 전에 들고 있는 낫부터 내려놓으면 안 될까요? 그거 잘못 맞으면 바로 천국행이잖아요."

도널드는 들고 있던 낫을 슬그머니 내렸다.

하지만 사라지게 만들지는 않았다.

자신이 가호하고 시스템을 주어서 성장시킨 선수에게 그런 악담을 퍼부었다는 사실이 마음에 들지 않았다.

"얼마 전에 이야기를 해 봐서 알지만 이상진 선수는 정말 순수한 선수예요. 아직 어린애 같다고 하면 맞는 말일까요?"

"그 나이를 처먹고?"

"순수하다는 뜻이에요. 정말 야구에 관해서는 퓨어하죠. 승부를 즐기는 것보다 승리를 원하고 자신과 엇비슷한 라이벌이 존재한다는 걸 자극으로 여기고 좋아하기보다는 확실하게 짓밟아야 성에 차는 사람이죠."

언제나 승리를 원하고 최고를 추구하며 동등한 라이벌을 인정하지 않는다.

이것이 이상진의 본질이었다.

그래서 토니는 오히려 그게 고마웠다.

자신을 의식하고 저런 이야기를 하며 불편해한다는 건 곧 자신을 의식하고 인정하기에 할 수 있는 말이었다.

설명을 들은 도널드도 웃음을 터뜨리며 낯을 사라지게 했다.

"듣고 보니 그러네. 여태까지 이상진이 무척이나 불편하게 여긴 건 너뿐이었지."

"아마 이번에도 저를 옴짝달싹하지 못하게 만들고 자신의 우위를 확실하게 굳히려고 하겠죠. 어디 해보려면 해보라죠."

이상진이 승리를 원한다면 자신은 승부를 원했다.

메이저리그 최강의 투수로 군림한 이상진을 향한 자신의 손은 얼마나 닿을 수 있을까.

도전해 보고 싶었다.

＊   ＊   ＊

시카고 컵스 대 세인트루이스 카디널스.

서로 쌍욕을 박고 야유하기로 유명한 라이벌 팀끼리 벌어지는 경기는 시작 전부터 소란스러웠다.

이미 경기장 밖에서 한차례 치고받았다는 소식을 접한 데이비드 로스 감독은 쓴웃음을 지었다.

"역시 컵스 팬들은 화끈하단 말이지."

그리고 그건 카디널스 팬들도 마찬가지였다.

경기가 벌어질 예정인 카디널스의 홈구장 부시 스타디움은 이미 들어찬 관중들이 컵스 선수들에게 야유를 퍼붓고 있었다.

그 야유의 대부분은 공을 주고받으며 어깨를 풀고 있는 한 선수에게로 집중됐다.

오늘은 일요일인 데다가 1시 15분 경기라 사람도 바글바글했다.

지난번에 이상진이 토니 스미스를 저격하고 얼마 지나지도 않았기에 그들은 일제히 이상진을 향해 야유하고 있었다.

"인종차별적인 단어가 몇 개 들리는데?"

"신경 쓰지 마. 그런 거에 신경 쓰면 지는 거야."

조나단과 앤서니 리조, 다르빗슈 유 같은 선수들은 눈살을 찌푸리며 관중석을 돌아봤다.

하지만 이상진은 별로 대수롭지 않다는 듯 넘기면서 다시 공을 던졌다.

다르빗슈는 캐치볼 상대를 해 주면서도 자꾸 관중석을 바라봤다.

"괜찮겠어?"

"신경 쓰지 않아야지. 어차피 원정 경기가 늘 이런데 새삼스러울 것도 없잖아?"

원정 경기만 가면 그곳 홈 팬들에게 엄청난 야유와 견제를 받던 게 바로 이상진이었다.

오늘 견제나 야유가 유독 심하다고 해도 굳이 신경 쓸 이유는 없었다.

신경이 쓰이는 건 따로 있었다.

이상진은 고개를 돌려 저쪽 벤치 안에서 뭔가 이야기를 하고 있는 토니 스미스를 바라봤다.

야디어 몰리나와 뭔가 이야기를 하면서 잔뜩 얼굴이 굳어 보였다.

"평소에 궁금했는데, 너는 왜 토니 스미스를 그렇게 의식하는 거냐?"

"그렇게 보였어?"

"너는 벨린저라든가, 다른 타자들의 이야기가 나오면 별로 대수롭지 않게 넘겨도 꼭 토니 스미스에 대해서는 과민 반응하잖냐. 지난번에도 그랬고."

조나단의 질문에 상진은 살짝 놀랐다.

곰곰이 생각해 보면 자신이 그를 의식하는 건 확실했다.

그건 어찌 보면 시스템을 가지고 있는 또 다른 동지에 대한 동족 혐오에 가까웠다.

무엇보다 또 다른 시스템 사용자보다 뒤처지는 게 마음에 들지 않기도 해서였다.

"너무 의식하면서 던지지 마라. 공 흐트러진다."

"너, 내가 누군지 알고 그런 소리를 하는 거냐?"

"곧 푸아그라를 만들어 먹을 거위 간처럼 자존심이 근거 없이 부풀어 오른 컵스의 에이스지."

"닥치고 들어가자. 경기 시작한다."

오늘 세인트루이스 카디널스의 선발투수는 잭 플래허티였다.

패스트볼은 평균 95마일 정도로 형성되며 85마일 정도의 슬라이더를 던지는 투 피치 투수였다.

간혹 커브와 싱커도 던질 줄 알며 세인트루이스 카디널스의 새롭게 떠오르는 별로 대접받았다.

한때 유형진과 사이 영 상 후보로 경쟁하기도 했을 정도로 실력파였다.

작년에 평균 자책점 2.75로 내셔널리그에서 평균 자책점 4위를 기록하기도 했었다.

특히 작년 후반기에는 0점대의 평균 자책점을 기록하기도 했었다.

"스트라이크!"

올해는 한층 더 물오른 실력으로 컵스의 타자들을 요리하기 시작했다.

컵스의 타선이 1회 동안 안타 하나로 맥없이 물러나자 이상진은 자리에서 일어나 그라운드로 나아갔다.

"우우우우우우!"

"꺼져라! 리!"

사방에서 쏟아지는 야유를 받으며 마운드에 선 이상진은 심판의 경기 개시 신호를 들으며 눈앞에 떠오른 메시지를 읽었다.

[식사 시간이 되었습니다.]
[상대방의 포식 포인트가 표시됩니다.]
[타자의 포인트는 301입니다.]
시스템 메시지는 확인했다.
토니 스미스는 지난번보다 훨씬 성장해 있었다.
마운드에 선 이상진은 불쾌한 얼굴로 도전자를 노려봤다.

*　　　　　*　　　　　*

[〈나이스 배팅〉 스킬이 활성화 중입니다 (9/10)]
[〈코스 추적자〉 스킬이 활성화 중입니다 (9/10)]
[〈헬스에 미친 놈〉 스킬이 활성화되었습니다]
[〈회전을 읽는 자〉 스킬이 활성화되었습니다]
　경기가 시작되자마자 토니는 주저하지 않고 스킬을 발동했다.
다.
　가지고 있는 스킬들을 발동한 그는 마운드 위에 서 있는 거장을 노려봤다.
　가슴이 뛰었다.
　자신을 짓밟으려는 메이저리그 최고의 투수가 지금 눈앞에 있었다.
　그것도 어깨를 나란히 하기 위해 도전하는 자신을 무척이나 불쾌하다는 얼굴로 바라보고 있었다.
　'과연 어떤 공을 던져 올까?'

어젯밤에 잠도 제대로 못 이룰 정도로 이상진과의 대결을 기다렸다.

그의 영상을 몇 번이나 돌려 보고 구장에 설치해서 수집했던 트랙맨 외에 플라이트스코프 데이터를 추가로 수집해서 확인해 보기도 했었다.

도표와 3D 그래픽으로 이루어진 자료를 볼 때마다 이상진에 대해 감탄하고 또 감탄했다.

'오늘은 반드시 쳐 주마!'

초구로 던진 공이 손에서 떠나는 순간 토니는 그 공의 구종과 코스를 스킬로 확인했다.

그것만 안다면 배트로 공을 때려 내는 건 아주 쉬운 일이었다.

하지만 하나 부족한 게 있었다.

"파울!"

3루에 있던 심판의 손이 올라갔다.

펜스를 넘어 홈런이 될 듯 힘차게 뻗어 나가던 공은 휘어져서 3루 쪽 관중석으로 떨어졌다.

토니 스미스는 얼얼한 손을 주먹 쥐어 보며 다시 힘을 넣었다.

'구위에 밀려나다니.'

배트 스피드나 타이밍은 완벽했다.

코스도 정확하게 맞춰서 때렸다.

하지만 공의 위력에 밀려나 파울이 되고 말았다.

"볼!"

"볼!"

코스를 정확하게 읽어 낼 수 있었기에 2구와 3구를 나란히 볼로 걸러냈다.

토니 스미스는 차분하게 이상진의 공을 기다렸다.

실투가 나오는 걸 바랄 수 없었기에 아까처럼 코스를 정확히 읽어 낸 공을 쳐 내야 했다.

배트를 보다 짧게 잡고 홈런을 노리기보다는 안타를 노리는 쪽으로 방향을 잡았다.

"스트라이크!"

4구째는 스트라이크로 들어왔다.

사실 이건 코스를 읽어 내긴 했어도 너무 애매모호한 자리였기에 배트가 나가지 않았다.

'이제 투 스트라이크 투 볼.'

보통의 투수라면 하나쯤은 빼 볼 수도 있었다.

하지만 상대는 연속 무볼넷 이닝으로 메이저리그에 새로운 역사를 써 내고 있는 이상진이었다.

그의 공격적인 투구 패턴을 생각한다면 다음 공은 분명 스트라이크존 안으로 들어올 것이다.

다섯 번째 공에 집중했다.

'투심 패스트볼!'

무슨 구종인지 시스템을 통해 파악한 토니 스미스는 자신 있게 배트를 휘둘렀다.

하지만 공은 마치 뱀이 휘어지듯 자신의 공을 피하며 배트 위로 스치듯 지나갔다.

"스트라이크! 타자 아웃!"

—이상진이 첫 타자인 토니 스미스를 공 다섯 개로 잡아냅니
다!

—카디널스의 선봉장이 끈질기게 물고 늘어졌지만 역시 이
상진입니다! 가볍게 처리해 내는군요!

다섯 번째 공이 지나간 궤적을 바라보던 토니 스미스는 믿
을 수 없다는 표정으로 마운드 위에 서 있는 얄미운 투수를
노려봤다.

이상진은 더 얄미운 표정으로 자신을 바라보며 의기양양한
표정을 짓고 있었다.

분했지만 이미 삼진을 당해 버린 이상 어쩔 수 없었다.

'아직 두 번의 기회가 더 남아 있어!'

토니 스미스는 다음 타석을 기약하며 벤치로 향했다.

—시카고 컵스의 몬스터가 카디널스의 선수들을 짓밟고 있
습니다!

—미스터리한 미스터 리가 미스터리한 방식으로 카디널스
팬들에게 충격과 공포를 안겨 줍니다!

아나운서의 말은 현실과 크게 다르지 않았다.

이상진은 세 선수 연속으로 아웃카운트를 잡아내며 1회를

화려하게 끝마쳤다.

동시에 빌 피서가 세웠던 84.1이닝 무볼넷 이닝을 경신하고 메이저리그 기록을 85이닝으로 올려놓았다.

이제부터 볼넷을 주지 않을 때마다 메이저리그에 실시간으로 역사가 새겨지게 됐다.

"리! 리! 리! 리!"

라이벌 팀이었기에 딱히 엄청나지는 않았다.

하지만 그는 경외받아야 할 자격이 충분한 선수였다.

1회가 끝나고 벤치로 돌아가는 그를 향해 박수가 쏟아졌다.

홈 팬인 카디널스의 팬들도, 원정 온 컵스의 팬들도 모두 자리에서 일어나 박수를 보냈다.

"축하한다. 무볼넷 이닝 경신."

"감사합니다."

상진은 잔뜩 굳은 얼굴로 엄청 딱딱한 대답을 남기고 자신의 자리로 돌아갔다.

그를 축하해 주던 데이비드 로스 감독과 코칭스태프, 그리고 다른 선수들은 어안이 벙벙한 얼굴이 됐다.

"저 녀석 또 왜 저래?"

"토니 스미스한테 파울 맞았던 게 계속 걸리나 보던데요?"

"그걸?"

홈런이 될 뻔하긴 했어도 폴대 바깥쪽으로 날아간 파울이었다.

마지막에 삼진으로 잡아냈기에 이상진의 승리로 볼 수 있는 승부였다.

그런데 홈런성 파울을 맞은 것으로 이렇게까지 짜증 난 얼굴이 될 줄은 몰랐다.

"보기 드문 표정이네. 예전에는 몰라도 요새는 경기 도중에 저런 표정을 짓는 일이 없었는데."

"그만큼 토니 스미스를 의식하고 있었던 모양입니다."

"다른 쟁쟁한 메이저리그의 타자들을 제치고 토니 스미스를?"

올해 새롭게 떠오른 신성이라고 해도 토니 스미스를 의식하는 건 좀 과했다.

그렇게 생각하던 데이비드 로스 감독은 그만 웃음을 터뜨리고 말았다.

따지고 보면 이상진도 올해 새롭게 등장한 신인이었다.

다만 임팩트가 하도 강렬한 나머지 다들 올해 처음 등장했다는 사실조차 잊어버릴 정도였다.

"생각해 보면 이상진도 올해 처음 메이저리그에 데뷔했지."

"저런 녀석이 메이저리그 1년 차라는 게 참 신기할 정도네요."

조나단도 가끔 깜박 잊을 때가 있었다.

이상진의 경기 운영은 그만큼 노련했고 무척이나 고민한 흔적이 역력했다.

그는 본래 힘으로 찍어 누르는 투구를 했다.

하지만 어느 수준 이상의 타자들에게는 그에 맞는 공을 던져서 맞춰 잡았다.

상대에 맞춰서 자신의 스타일을 유연하게 바꿀 수 있는 투수가 메이저리그 첫해라는 사실은 직접 보고도 믿을 수는 없었다.

"토니 스미스가 그 정도인가?"

"사실 리의 공을 그렇게 쉽게 건드릴 수 있는 타자도 흔하지는 않잖습니까? 게다가 볼인지 스트라이크인지 쉽게 간파해서 걸러 내더군요."

확실히 다른 타자들은 눈속임을 당해 볼에도 배트가 나오기 일쑤였다.

선구안이 좋기로 유명한 메이저리거들도 당하는데 토니 스미스는 마치 확신이라도 하듯 그걸 해냈다.

"그 정도니까 신경을 쓸 만한가?"

"아마 다음에는 공 세 개로 삼진을 잡아내려고 하지 않을까 싶네요."

*   *   *

그에 비해 토니 스미스는 무척이나 들뜬 모습이었다.

"와우! 역시 리는 대단해!"

"삼진을 당해 놓고 와서 한다는 소리가 기껏 그거냐?"

"그거야 당연하잖아요? 한 경기에 10탈삼진은 기본으로 하는 투수인데 이 정도는 감수해야죠."

삼진을 당해서 분했던 마음도 잠깐이었다.

강한 투수와 맞붙는다는 즐거움을 한껏 만끽한 토니는 벌써 다음 타석을 기다리고 있었다.

"쯧쯧, 언제쯤 애 같은 모습이 없어질지."

마이크 쉴트 감독은 혀를 차면서도 승부를 즐기는 토니를 굳이 탓하지 않았다.

토니는 그만큼 카디널스의 1번 타자이자 가장 높은 타율과 출루율을 자랑하는 선수였다.

경험이 많은 베테랑인 야디어 몰리나와 반대의 의미로 아직 더 성장할 수 있다는 믿음으로 그를 보듬어 살피고 있었다.

"그래서 방법은 있나?"

"당연히 있습니다. 저는 아직 비장의 수단을 사용하지 않았거든요."

아직 쓰지 않은 스킬이 하나 더 남아 있긴 했다.

굳이 무리하는 건 아니었다.

웬만한 투수들의 공을 쳐 내며 4할에 가까운 타율을 유지하는 것도 슬슬 질려 가던 참이었다.

그는 아슬아슬하고 짜릿한 승부를 원했고 그런 자극을 줄 수 있는 투수는 이상진뿐이었다.

"오늘은 지난번과 다르게 풀타임 출전 보장해 주신다고 했으니 믿고 있을게요."

"나도 믿는다. 저 이상진한테서 점수를 한번 뽑아 보고 싶으니까."

이건 마이크 쉴트 감독만이 아니라 카디널스 선수단과 팬들의 염원이기도 했다.

메이저리그에서도 철벽이라고 불리는 이상진에게서 점수를 뽑아낸다면 그만한 위업도 없었다.

그만큼 이상진의 위상은 더 이상 높아질 수 없는 데까지 올라가 있었고 모든 구단의 공략 대상이었다.

*　　　　*　　　　*

이상진은 눈살을 찌푸렸다.

아까부터 공을 던질 타이밍에 눈이 부셔 왔다.

"볼!"

공을 던지는 타이밍에 또다시 눈앞이 번쩍거렸다.

공을 던질 타이밍을 제대로 잡지 못한 공은 포수에게서 멀리 떨어진 곳으로 날아갔다.

주자가 없었기에 도루를 허용하지는 않았다.

하지만 이건 분명히 문제 있는 행위였다.

"심판!"

누군가가 레이저 사이트로 이상진의 투구를 방해하고 있었다.

조나단이 황급히 심판을 불러 경기를 중단시키고 비매너 행위를 한 팬을 퇴장시켰다.

하지만 이상진을 방해하는 관중은 한둘이 아니었다.

원정 경기였기에 이 정도는 각오했지만 이건 정도가 너무 심했다.

2회에도 두 명이 퇴장되었지만 3회에도 또다시 이상진에게 레이저 테러가 벌어졌다.

"하아."

"괜찮냐?"

걱정이 됐는지 저승사자의 모습으로 영체화해서 다가온 영호가 물었다.

상진은 글러브로 입가를 가리고 짜증스럽게 말했다.

"괜찮을 리가 있겠어요?"

"그거야 그렇겠지."

상대 에이스에 대한 견제라고 해도 야유나 욕설 정도는 그냥저냥 넘어가 줄 수는 있었다.

심판이 또다시 한 명의 관중에게 퇴장을 명령하는 장면을 보던 영호는 한숨을 내쉬었다.

"이게 9회까지 계속되지 않으리란 보장도 없겠지."

"아마 그렇겠죠."

카디널스의 팬들은 평소에 점잖고 신사적이라고 해도 유독 시카고 컵스만 만나면 거칠어진다.

경기장 밖에서도 물리적인 충돌이 잦았는데 올해 투수에 대한 직접적인 테러는 처음이었다.

"심판! 경기를 제대로 진행하라고!"

참다못한 데이비드 로스 감독마저 자리를 박차고 일어났다.

1회에 삼진 세 개로 가볍게 출발한 이상진의 투구 수는 투구 방해로 인해 기하급수적으로 늘어나고 있었다.

　이대로 계속 놔둔다면 에이스 투수를 보호하지 못했다는 비난에 직면하게 된다.

　"자자, 진정하고 들어가시죠, 감독."

　"우리 투수가 저런 일을 당하는데 가만히 있으라고? 이건 관중뿐만이 아니라 카디널스의 문제요. 입장할 때 분명히 저런 물품은 반입 금지일 텐데?"

　데이비드 로스 감독의 격렬한 항의에 심판은 다시 궁지에 몰렸다.

　반복되는 투수에 대한 테러는 심판의 경기 진행 능력에 대한 도전이기도 했다.

　이번에도 두 명의 관중이 다시 퇴장당했다.

　"이제 숨 좀 쉬고 살 수 있겠나?"

　"그럴지도 모르죠. 하지만 또 똑같은 짓이 반복될 수도 있고 다른 방식으로 방해할지도 모르죠."

　상진은 끓어오르는 화를 참아냈다.

　경기 도중에 있는 불합리한 일은 언제나 겪었다.

　경기 외적으로 일어나는 부조리한 일도 겪어 봤다.

　언제나 그렇듯 경기는 흘러가고 이런저런 일이 생기는 법이다.

　'참는다. 경기 중에는 오로지 경기에만 집중하자.'

　경기 도중에는 화를 내지 않는다.

감정을 내보이지 않는다.

모든 것은 경기가 끝난 후에 정리할 일이다.

상진은 예전부터 지금까지 가지고 있던 생각을 다시 한번 떠올리며 마음을 다잡았다.

'또 방해한다면 나도 생각이 있지.'

*   *   *

"스트라이크! 아웃!"

다시 경기에 집중하기 시작한 이상진을 방해할 건 아무것도 없었다.

극한의 집중력 속에서 공의 그립을 신경 쓰던 이상진은 눈앞이 번쩍거리는 걸 느끼자마자 희미하게 웃었다.

"으아악!"

이상진이 눈을 움켜쥐고 마운드 위에 쓰러졌다.

그 순간 경기장은 찬물을 끼얹은 듯 고요해졌다.

마운드 위에 쓰러진 투수가 누구인가.

양대 리그를 통틀어 메이저리그 평균 자책점 1위이자 탈삼진 1위, 그리고 소화 이닝까지 1위를 달리고 있는 최고의 투수였다.

"리!"

조나단이 포수 마스크를 벗어 던지고 단숨에 마운드로 달려갔다.

내야수는 물론이고 외야수마저도 황급히 이상진을 향해 달려왔다.

선수들이 전부 에워쌌어도 이상진은 눈을 감싼 채 일어날 줄 몰랐다.

"어이! 리!"

"왜 그래? 괜찮아?"

데이비드 로스 감독은 또다시 분노하며 자리에서 일어났다.

"어째서 이상진이 마운드 위에서 쓰러져야 하는 겁니까! 심판!"

"아니, 그, 그게!"

"이따위로 경기를 진행할 거면 우리는 선수단을 철수하겠어! 이봐! 얘들아! 들어가! 의사는 어디에 처박혀 있는 거야!"

다시 한번 벌어진 돌발 상황에 심판은 당혹스러움을 감추지 못했다.

오늘 시카고 컵스와 세인트루이스 카디널스의 경기는 전국에 중계되고 있었다.

이상진이 등판하기도 했고 무엇보다 메이저리그에서 가장 유명한 라이벌전이기도 해서였다.

그런데 이상진이 마운드에 쓰러진 모습이 전국에 생중계되고 있었다.

―이상진 선수가 마운드에 쓰러져 있습니다!

―아까부터 레이저 사이트로 인해 방해를 받았는데 아무래

도 눈에 정통으로 맞은 것 같습니다.

─레이저로 투수를 테러하는 행위는 시력에도 영향이 있을 수 있어서 하지 말아야 하는 행위입니다.

마이크 쉴트 감독도 난감한 표정이었다.

레이저 반입을 막지 못한 카디널스 구단의 책임이 분명하기 때문이었다.

괜히 나서서 긁어 부스럼을 만들 필요는 없었지만 이러지도 저러지도 못하는 상황인 건 확실했다.

"아아, 레이디스 앤 젠틀맨. 심판진에서 관객 여러분께 안내 드립니다."

결국 심판진과 경기운영위원 간의 회의가 끝나자 안내 방송이 시작됐다.

"현재 투수에 대한 레이저 테러로 인해 경기 진행이 불가능한 상황이 이어지고 있습니다."

보다 못한 그들은 특단의 조치를 내렸다.

"이 이상 선수에 대한 테러 행위 및 경기에 대한 비매너 행위가 계속될 경우, 이번 경기는 홈팀에 대한 몰수패로 진행되도록 하겠습니다."

카디널스 팬들은 심판을 향해 야유를 퍼부었지만 아까보다는 잦아들어 있었다.

자칫 잘못하면 그들이 응원하는 팀이 아무것도 하지 못하고 몰수패를 당할 수도 있다는 사실이 그들에게 두려움으로 다가

왔다.

그리고 시카고 컵스와의 승차는 5경기 차.

오늘 경기에서 몰수패를 당하면 6경기 차로 벌어지게 된다.

그러느니 이상진을 상대로 제대로 경기를 해서 승리한다.

그들이 선택할 수 있는 아주 약간의 가능성이라도 붙잡는 게 이성적인 판단이었다.

"괜찮냐?"

"아아, 일부러 그랬던 거야. 이제 좀 괜찮겠지."

"아무튼 다행이다. 카디널스 새끼들, 분명히 뒤에서 사주했을 거다."

"됐고, 돌아가 봐."

선수들은 아무렇지 않게 일어서서 눈을 부비는 상진을 보며 안도했다.

다시 제자리로 돌아가는 동료들을 보면서 상진은 씩 웃었다.

옆에서 지켜보고 있던 영호는 어처구니없다는 표정을 지으며 고개를 저었다.

"아주 할리우드에 가서 배우로 데뷔하지 그러냐? 사람 속이는 데는 아주 일류야, 일류."

"어쨌든 이걸로 테러는 안 당하게 됐잖아요? 그거면 됐죠."

"동료들은 참 좋은데 너는 속이 왜 그렇게 시커멓냐?"

영호의 야유 섞인 농담에 상진의 입가에 걸려 있던 미소가 더욱 짙어졌다.

"투수는 원래 그래도 돼요."

명예의 전당에 올랐으며 한 시대를 풍미했던 그렉 매덕스.

그에게도 천적이라 부를 만한 존재가 있었다.

'가끔 공의 회전을 읽어 내는 타자들이 있습니다. 릴리스 포인트의 차이로 구종을 알아내는 타자들도 있고, 커브볼 특유의 손을 떠나는 순간의 떠오름을 포착하는 타자들도 있죠. 하지만 투수가 공의 속도에 변화를 줄 수 있다면 그 어떠한 타자라도 속수무책으로 당하고 맙니다. 인간의 눈으로는 그걸 구분하는 게 불가능한 일이거든요.'

매덕스를 상대로 4할이 넘는 타율을 기록했으며 단 한 번도 삼진을 허용하지 않은 유일한 선수.

'그 X같은 토니 그윈을 제외하고.'

이상진은 4회 초가 되어 올라가며 그렉 매덕스의 옛 일화를 떠올리고는 실소했다.

생각해 보면 철벽같은 그에게도 천적이 존재했다.

그리고 이상진은 지금 타석에 서서 장비를 점검하는 선수를 보며 직감했다.

'저 녀석은 더 놔두면 나의 천적이 된다.'

게다가 하필이면 둘 다 이름이 토니로 똑같았다.

그렉 매덕스는 존경하지만 그처럼 천적 관계까지 만들어 놓을 생각은 없었다.

적어도 상대가 자신에 대해 도전할 생각조차 하지 못하게 짓밟아 놓을 생각이었다.

'아까 파울을 크게 날린 걸로 자신감이 생겼을지도 모르지.'

장타를 허용할 뻔했단 사실이 토니 스미스에게 자신감을 주었을지도 모른다.

그렇다면 이번에도 또다시 도전해 올 것이다.

타석에 서서 이쪽을 노려보는 토니 스미스를 마주 노려봤다.

아직은 이쪽이 우위에 있다.

'네가 내 천적이 되기 전에 내가 너의 천적이 되어 주마.'

철저하게 짓밟을 시간이었다.

*   *   *

4회 초 선두 타자로 다시 타석에 선 토니 스미스는 전율했다.

마운드 위에 서 있는 이상진에게서 1회 때와 다른 위압감이 전해져 왔다.

그리고 경기장의 분위기도 이미 그가 휘어잡은 지 오래였다.

'무서운 선수다. 홈경기가 아닌데도, 오히려 라이벌 팀의 홈으로 원정을 왔는데도 분위기를 장악했어.'

카디널스의 팬들조차 야유를 퍼붓고 약간의 욕설을 하기만 했지 아까와 같이 테러 행위를 하지는 못했다.

그리고 그 정도는 이상진이 무시할 수 있는 범위였다.

토니는 옆에서 조나단이 트래쉬 토크를 걸어오는 걸 무시하며 이상진에게 집중했다.

'이상진이라면 내 데이터를 가지고 있겠지. 어떤 공을 가장 잘 치는지도 알 거야.'

토니 스미스에게도 좋아하는 구종은 따로 있었다.

스킬의 효과 덕분에 어떤 공이든 노리고 칠 수 있게 됐기에 크게 드러나지는 않지만 이상진이라면 분명 알아채고 있을 거라 생각했다.

"스트라이크!"

초구는 스트라이크존을 통과했다.

컷 패스트볼은 바깥쪽 라인에 아슬아슬하게 통과하며 스트라이크로 선언이 됐다.

'지난번과 같은 방법을 쓰려는 건가?'

지난번에는 투수와 타자의 싸움이 아닌, 심판의 스트라이크존을 이용해서 삼진을 잡아냈던 방법을 썼다.

투수, 타자, 그리고 심판의 스트라이크존은 다르고 보는 법도 다르다.

토니 스미스는 배트를 고쳐 쥐며 다시 한번 이상진을 노려봤다.

'그럴 리가 없지. 만약 그렇다고 해도 완전히 똑같은 방법은 아닐 거야.'

이상진은 결코 만만한 투수가 아니었다.

예전에 썼던 방법을 똑같이 쓸 선수가 결코 아니었다.

어디까지나 주의하고 또 조심해야 했다.

'온다!'

2구째 와인드업을 하고 공이 손에서 떠나는 순간 코스를 읽어냈다.

이번에 날아오는 건 투심 패스트볼.

이상진이 가장 자신 있어 하는 공이었다.

그리고 이번에도 아슬아슬한 코스로 날아왔다.

칠까 말까를 고민하는 건 순식간이었다.

구종을 읽어 내고 코스를 읽어 낸 순간 토니는 배트를 멈추고 뒤로 물러났다.

아주 아슬아슬한 차이가 있어도 이건 아까보다 아주 약간 밖으로 빠지는 볼이었다.

"볼!"

예상했던 대로 됐다.

이상진의 표정이 살짝 일그러지는 모습을 보면서 토니는 싱긋 웃었다.

*   *   *

"에휴."

반대로 이상진은 절로 한숨이 나왔다.

무슨 스킬을 가지고 있는지 알 수는 없지만 공이 어디로 갈지 위치를 아는 것만은 확실했다.

그렇지 않고서야 저렇게 자신만만하게 쳐 내거나 거르는 게 가능할 리 없었다.

'난감하네.'

구종이나 코스는 아예 까 버리고 시작하는 것이나 다름없었다.

그렇다면 남은 건 구위로 찍어 누르는 것 정도.

혹은 스킬을 이용하는 것뿐이었다.

'심판의 스트라이크존을 이용하는 건 오늘은 안 먹히겠어.'

오늘 심판의 스트라이크존이 생각보다 좁았다.

지난번에 했던 것처럼 톰 글래빈식으로 스트라이크존을 늘리는 건 불가능해 보였다.

그렇다면 남은 방법은 하나뿐이었다.

'피할 수 없다면 더 진지해져야겠지.'

피할 수 없으면 즐기라는 말은 상진에게 통하지 않았다.

오히려 전력 이상을 끌어낼 뿐.

모든 구종이 읽힌다면 당장 할 수 있는 건 자신이 던질 수 있는 최고의 공을 던지는 것뿐이었다.

포심 패스트볼.

자신이 던질 수 있는 가장 빠르고 가장 심플하며 가장 위력적인 공이었다.

"파울!"

토니 스미스는 그것마저도 걷어 냈다.

그는 정확하게 포심 패스트볼을 노리고 배트를 휘둘러 왔다.

하지만 그 배트는 이상진의 구위에 밀려 포수 뒤편의 펜스로 날아갔다.

"휴우, 하여튼 쉬운 일이 없네, 없어."

분명히 모든 스킬을 총동원해서 자신을 공략하고 있을 터.

그리고 자신도 투 스트라이크 원 볼의 상황에서 고를 수 있는 선택지는 단 하나뿐이었다.

최강의 수로 상대한다.

[〈먹을 때는 개도 안 건드린다〉 스킬을 발동합니다.]

구위로 찍어 누르면서 동시에 건드릴 수 없는 공을 던진다.

차분하게 공을 쥐면서 상진은 문득 떠올렸다.

'공 하나에 영혼을 담는다고 했나?'

정신론을 강조하는 옛 지도자들이 괜히 하는 소리라고 생각했다.

상진은 여태껏 공 하나에 전력을 기울이지 않은 적은 없었다.

하지만 오늘만큼 신경 써서 던져 본 적도 없었다.

'라이벌이라고?'

웃기지 말라고 하지.

이상진은 왼다리를 들어 올리며 투구 자세를 잡았다.

힘차게 발을 앞으로 뻗으며 팔을 채찍처럼 휘둘렀다.

이번에는 컷 패스트볼.

새롭게 메이저리그에 선보인 신구종에 스킬까지 더해졌다.

물론 토니도 가만히 있지는 않았다.

[〈한 방에 주님 곁으로〉 스킬이 발동됩니다.]

배트의 정중앙에 맞히는 스킬을 발동하자마자 토니는 힘껏 배트를 휘둘렀다.

구위에 밀리지 않을 정도로 힘을 담은 그의 스윙은 이상진이 던진 컷 패스트볼을 힘차게 걷어 냈다.

아니, 걷어 내나 싶었다.

—공이 높게 솟아오릅니다!
—이상진 선수가 고개를 들어 공을 바라봅니다!

공은 아주 높게 솟구쳤다.

하지만 앞으로 뻗어 나가지 못했다.

상진은 손을 들어 주위의 다른 선수들을 물리고 글러브를 머리 위로 들어 올렸다.

그리고 토니 스미스의 타구는 상진의 글러브 안으로 빨려 들어갔다.

"아웃!"

아웃 될 것을 미리 예상했던 토니는 터덜터덜 걸음을 늦추며 이상진을 바라봤다.

이번에도 안타를 만들어 내는 데 실패했다.

분함을 감추지 못하면서도 토니는 무척이나 즐거운 얼굴이었다.

*　　　　*　　　　*

4회까지 퍼펙트로 막아 내면서도 이상진은 피로감을 느꼈다.

평소처럼 무념무상인 상태가 아니라 토니 스미스를 계속 의식해서 그럴지도 몰랐다.

상진은 벤치로 돌아와 에너지 드링크를 벌컥벌컥 들이켰다.

"하아, 바퀴벌레 같은 자식. 밟아도 밟아도 끝이 없네."

이 바퀴벌레 같은 자식이 누굴 지칭하는 건지는 말하지 않아도 알았다.

평소에도 유독 토니에게만 민감하게 반응하는 모습을 봐 온 조나단은 웃으며 에너지 드링크를 마셨다.

"그래도 두 번이나 잡아냈잖아."

"삼진을 잡지 못했어."

"참 집착도 심하다. 그러니까 네가 여자들한테 인기가 없는 거야."

"인마, 내가 밖에 나가서 손 한 번 흔들면 여자 팬들이 우르르 몰려들거든?"

"그거야 돈 많은 메이저리거니까 그렇지. 아무것도 없는 평범한 미스터 리가 밖에서 손을 흔들면 찾아오는 건 여자 팬이 아니라 경찰일걸?"

오랜만에 말싸움에서 이긴 조나단은 의기양양한 표정으로 웃음을 터뜨렸다.

씩씩거리면서 에너지 드링크를 한 통이나 원샷 한 상진은 입가를 닦으며 한숨을 토해 냈다.

"어찌 됐든 잊어버려. 토니 스미스를 의식할 필요 없어. 너는 우리의 에이스니까."

"후우, 좋아. 그러면 본론으로 되돌아?"

"본론이 뭔데?"

전혀 종잡을 수 없는 이상진의 말에 조나단은 어리둥절한 얼굴이 됐다.

오늘따라 토니 스미스를 무척이나 의식하더니 이제는 본론이란다.

상진은 육포를 하나 물어뜯으면서 입을 열었다.

그 말을 들은 조나단은 벤치가 떠나가라 웃음을 터뜨렸다.

"푸하하하! 그거 까먹고 있었네?"

한참을 웃던 조나단은 순식간에 진지한 표정을 지으며 입꼬리를 추켜올렸다.

"오늘이 날인가 보다."

*　　　　*　　　　*

"스트라이크! 아웃!"

이상진의 활약으로 6회까지 무실점으로 틀어막은 시카고 컵스는 2 대 0으로 점수를 벌렸다.

적은 점수였어도 2점이나 차이가 벌어지자 컵스의 선수단은 기세가 올랐다.

오늘 경기의 선발투수는 이상진.

언제나 8이닝, 9이닝을 소화하며 한 경기에 1점도 쉽게 내주지 않는 철벽이자 무적의 투수였다.

"이 녀석들! 이상진이 아무리 틀어막고 있다 해도 점수를 낼 수 있다면 더 내야지!"

데이비드 로스 감독도 벌써 승리한 것처럼 마음을 놓고 있는 선수단을 향해 호통을 치면서도 입가에는 미소를 띠고 있었다.

이상진이 메이저리그에 올라와서 맞은 홈런의 개수는 0개.

어지간하면 장타를 허용하지도 않기에 2점이라는 점수는 안도할 만했다.

그래도 방심은 금물이었다.

"미스터 리를 믿고는 있다. 하지만 언제 어디에서 어떤 이유로 갑자기 점수를 내줄지도 모르는 일. 결코 방심하지 말고 경기에 집중해라."

그는 7회 말 수비하기 위해 나가려는 선수들에게 호통을 쳤다.

메이저리그는 최고 수준의 선수들이 모여서 경쟁하는 무대였다.

그런 곳에서 어떤 일이 벌어질지 아무도 예상할 수 없다.

그리고 이상진은 오늘 세 번째 마주하는 토니 스미스를 보며 공을 움켜쥐었다.

'지긋지긋하네.'

다른 선수들도 많이 마주치고 간혹 공을 건드리는 선수도 있었다.

하지만 이 녀석처럼 거슬리는 녀석도 없었다.

'이번에는 어떻게 상대해 줄까.'

앞선 두 번의 타석 모두 힘 대 힘의 싸움이었다.

구위는 분명 자신이 위였다.

그래도 똑같은 방식으로 상대해서 이기리라는 보장은 없었다.

무엇보다 첫 번째 타석에서 나온 홈런성 파울과 두 번째 타석에서 높이 솟아올랐던 타구가 겹쳐 보였다.

'여태까지 상대하면서 느낀 바로는 배트에 공을 반드시 맞히는 스킬이 있음이 분명해.'

그리고 짐작컨대 아까와 같은 스킬은 연발할 수 없음이 틀림없다.

그렇다면 반드시 카운트에 몰렸을 때 배트에 공을 반드시 맞힐 수 있는 스킬을 사용할 것이다.

'우선은 카운트부터 만들어놔야겠지.'

초구는 투심 패스트볼로 골랐다.

구위가 좋은 포심은 찍어 누르기는 좋지만 코스가 너무 단조롭다.

코스를 읽어 내고 구종을 읽어 낸다면 쉽게 치기 어려운 곳으로 던지면 된다.

"파울!"

토니는 바깥쪽 낮게 들어가는 공을 걷어 냈지만 1루 쪽 파울 라인을 벗어났다.

이상진은 그걸 보며 고개를 끄덕이며 두 번째 공을 준비했다.

이번에는 완전히 다른 궤적인 슬라이더였다.

"볼!"

밖으로 빠지는 공에 역시 속지 않았다.

'상당히 아슬아슬하게 던졌다고 했는데. 뭔가 숨기고 있는 게 있어. 새로 스킬이라도 얻었나?'

상진은 궁지에 몰리거나 필요성을 느끼면 코인을 전부 몰아서 능력을 급상승시켰다.

토니 스미스도 자신과 똑같이 했을 것이다.

"볼!"

"파울!"

3구와 4구도 아주 아슬아슬하게 스트라이크존의 경계를 넘나들었다.

하지만 토니는 아주 절묘하게 공을 걸러 냈다.

이제 투 스트라이크 투 볼.

[〈먹을 때는 개도 안 건드린다〉 스킬을 발동합니다.]

이상진의 마지막 한 수가 발동됐다.

그리고 가장 최근에 완성한 구종.

컷 패스트볼이 스트라이크존을 향해 힘차게 뻗어 나갔다.

이상진의 짐작대로 토니 스미스는 새로운 스킬을 하나 얻었다.

그는 이상진에게 대항하기 위해 가지고 있던 코인을 전부 투입했다.

[스트라이크존 동기화]

심판의 스트라이크존에 자신의 스트라이크존을 일치시키는 스킬이었다.

자신이 심판과 똑같은 스트라이크존을 갖게 됨으로써 이상진은 그 갭을 이용할 수 없게 됐다.

이것으로 이상진이 지난번에 썼던 방법은 물 건너갔다.

'이번에야말로 쳐 낸다.'

아까 타석에 비해 파워가 10이나 올라가 구위에 밀리지 않을 자신이 있었다.

필사의 각오로 배트를 휘두르면서 토니 스미스는 기필코 쳐 낼 생각이었다.

그런데 공이 미묘하게 뒤틀리기 시작했다.

날아오던 공이 마치 배트를 피하기라도 하듯 움직이려는 모습을 포착하자마자 직감했다.

'스킬이다.'

어떻게든 배트를 피하게 만드는 스킬과 어떻게든 배트에 맞히게 만드는 스킬.

창과 방패의 대결이었다.

그때 토니의 눈앞에 기묘한 메시지가 하나 떠올랐다.

[시스템의 충돌이 확인되었습니다.]

[총합 능력치의 합산 및 개별 능력치의 대조를 통해 결과를 산출합니다.]

결국 여태까지 서로 쌓아 온 것의 대결이었다.

이상진인가, 아니면 자신인가.

그리고 공이 배트에 맞는 순간 직감했다.

"스트라이크!"

닿을 수 없기에 더욱 닿고 싶었던 토니 스미스의 도전이었다.

그래서 그에게는 너무나 잔혹한 선언이었다.

"아웃!"

배트에 맞고 살짝 궤도를 바꾼 공은 그대로 원래 목적지인 조나단의 미트 안으로 빨려 들어갔다.

토니 스미스는 메이저리그에서 3할 9푼의 타율을 기록하고 가장 적은 수의 삼진을 기록하고 있는 타자였다.

그런 그가 삼진을 당하는 장면에 카디널스의 팬들은 탄식했다.

"좋아!"

이상진은 평소 감정을 억누르며 무표정했던 것과 달리 오늘은 세리머니를 하며 기뻐하는 모습이 역력했다.

그건 타석에서 망연자실한 표정을 짓는 토니 스미스와 대조적이었다.

"괜찮다. 네가 오늘 이상진의 공을 치지 못했다고 해도 네가 쌓아 온 건 사라지는 게 아니니까."

마이크 쉴트 감독은 벤치로 터덜터덜 걸어 들어온 토니의 어깨를 두드려 주며 격려해 주었다.

"아무래도 이상진의 컨디션은 최고조인 것 같다."

"그렇겠죠. 지금까지 퍼펙트니까요."

"그러니까. …뭐?"

순간 마이크 쉴트 감독은 자신이 뭘 잊고 있었는지 떠올렸다.

7회 1아웃까지 아웃 카운트는 19개.

안타와 볼넷은 모두 0을 기록하고 있었다.

이상진을 공략한다는 것에 신경을 쏟으며 그동안 잊고 있던 것을 떠올린 마이크 쉴트 감독의 얼굴이 하얗게 질렸다.

이대로 경기가 끝나면 그는 라이벌전에서 퍼펙트게임을 허용한 감독이 될 판이었다.

"말도 안 돼!"

마이크 쉴트의 비명 같은 고함이 카디널스의 벤치를 쩌렁쩌렁 울렸다.

*　　　　*　　　　*

7회까지 퍼펙트로 끝낸 이상진은 벤치로 돌아와 숨을 몰아쉬었다.

퍼펙트로 막아 내고 있다는 건 아까부터 알고 있었다.

다른 동료들이 벤치에 있는 자신의 집중력을 흐트러뜨리지 않기 위해 말도 걸지 않는다는 것도 알고 있었다.

'신경이 곤두서 있다.'

토니 스미스를 상대하다 보니 집중력이 한계까지 높아져 있었다.

주위에서 울려 퍼지는 야유나 환호성도 들리지 않을 정도였
다.

세계가 무척이나 고요하게 느껴졌다.

주먹을 쥐었다 폈다를 반복하며 손금 하나하나까지 살펴봤
다.

평소의 징크스대로 아침 식사는 샐러드로 때웠고, 양손의
손톱은 살짝 곡선을 그리는 형태로 잘 깎여 있었다.

언제나 해 왔던 거지만 오늘은 더욱 완벽하게 느껴졌다.

"리, 가자."

"음?"

정신을 차려 보니 어느새 8회 말 카디널스가 공격할 차례였
다.

남은 이닝은 이제 2이닝뿐.

조나단의 손을 붙잡고 자리에서 일어난 상진은 자신의 상태
를 체크했다.

체력의 소모, 투구 수의 한계, 글러브의 상태.

그리고 오늘의 마음가짐까지.

"가자."

이상진은 오늘 승부의 화룡점정을 위해 마운드로 향했다.

*   *   *

—미스터 리가 무볼넷 이닝을 92이닝까지 늘려 놓습니다!

—엄청난 기록입니다! 게다가 오늘 경기에서도 14개 탈삼진을 기록 중입니다!

—올해 내셔널리그의 탈삼진 1위 이상진은 이제 2위인 제이콥 디그롬과 차이를 벌려 놓습니다!

메이저리그의 역사를 새롭게 써 내려 가는 선수.

이상진은 8회 역시 퍼펙트로 막아 내고 마운드에서 내려갔다.

경기장은 무척이나 고요했다.

아니, 고요하게 느껴졌다.

카디널스의 팬들은 절망감 반, 기대감 반으로 마운드에서 내려가는 그들의 적을 노려봤다.

"우우우우!"

야유가 들리긴 해도 몇몇 관중들뿐이었다.

메이저리그에서 2012년 8월 15일 펠릭스 에르난데스가 세운 게 마지막 퍼펙트게임의 기록이었다.

그걸 이상진이 8년 만에 목전에 두고 있었다.

퍼펙트게임이라는 대기록을 작성하는 건 적과 아군을 가릴 것 없이 모두 기대하고 있었다.

"리! 리! 리! 리!"

9회 말에 등판한 상진은 남아 있는 세인트루이스의 7, 8, 9번 타자들을 물끄러미 바라봤다.

모두 긴장한 얼굴이었지만 자신 있어 하는 얼굴도 아니었다. 이미 이상진의 위력에 기세가 꺾여 있었다.

그들을 요리해서 퍼펙트게임을 완성하는 건 매우 쉬운 일이었다.

하지만 상진은 그다지 만족스러운 표정이 아니었다.

"스트라이크! 아웃!"

첫 타자를 삼진으로 잡아내고 두 번째 타자도 파울 라인에 떨어지는 플라이 볼을 잡아내 아웃시킨 상진은 마지막 9번 타자인 카디널스의 불펜 투수 다코타 허드슨을 대신해 올라온 대타를 바라보며 입을 꾹 다물었다.

그리고 조나단을 불렀다.

"왜 그래?"

조나단은 곧 퍼펙트게임을 이뤄 낸 포수가 된다는 흥분에 얼굴이 상기되어 있었다.

하지만 상진이 무척이나 고민스러운 표정을 짓고 있다는 걸 깨닫고 이내 흥분을 가라앉혔다.

"무슨 일로 마운드에 나를 불러?"

"심심해서? 경기를 이렇게 끝내려니까 네가 오늘은 한 번도 마운드에 안 왔던 거 같아서 말이지."

"쳇."

심심해서 불렀다는 말에 조나단은 아까와 다른 의미로 얼굴이 새빨개졌다.

순식간에 씩씩거리며 입을 벙긋거리는 조나단을 보면서 상진은 싱긋 웃었다.

"사실 이번 타자는 볼넷으로 거르고 토니 스미스를 상대해서 경기를 마무리 지을까 했어."

"미친 소리!"

"그래. 미친 소리라는 건 내가 알아. 그래서 거르지 않은 거야."

토니 스미스를 확실하게 짓밟아 버리고 싶었다.

세 번이 아니라 네 번을 도전해서 결코 안타를 칠 수 없다는 사실을 영혼에 새겨 주고 싶었다.

하지만 그건 이상진이 아니었다.

이상진은 철저하게 승리를 추구하며 승부를 즐기지 않는다.

자신은 승리하기 위해 이곳에 있지 타자와의 스릴 넘치는 승부를 즐기려고 있는 게 아니었다.

"그랬다가는 내가 토니 스미스를 의식한다는 걸 인정하는 꼴이기도 하니까."

"기록 달성은 신경 안 쓰이고?"

"기록도 욕심은 나지. 편하게 승리를 가져갈 수 있는데 괜히 돌아가고 싶진 않으니까."

9번 타자를 거르면서 퍼펙트게임을 포기하고 토니 스미스와의 승부를 고집해서 자칫 노히트노런까지 날릴 수는 없었다.

승부는 이것으로 끝이다.

안타를 치지 못한 토니 스미스에게 네 번째 기회를 주는 건 너무 과했다.

"스트라이크!"

이상진이 기록하는 메이저리그 23번째의 퍼펙트게임.

"스트라이크!"

모두 숨을 죽이고 대기록이 만들어지는 마지막 순간을 지켜봤다.

"스트라이크! 아우우우우웃!"

마지막 타자가 아웃되는 순간, 부시 스타디움이 떠나갈 듯한 함성이 터져 나왔다.

＊　　　　＊　　　　＊

「이상진, 메이저리그 23번째 퍼펙트게임 달성!」

「한국의 자랑이 라이벌전에서 퍼펙트게임을 만들어 내다」

「한국인 메이저리거 이상진이 한국 투수 최초로 퍼펙트게임을 달성하다」

「이상진, 국가대표 팀 합류 예정」

메이저리그 사무국은 역대 23번째 퍼펙트게임이 만들어지자 홈페이지 메인에 축하 메시지를 큼지막하게 띄워 놓았다.

그리고 시카고 컵스는 축제 분위기였다.

라이벌전에서, 그것도 상대방의 안방에서 달성한 퍼펙트게임이었다.

세인트루이스 카디널스의 코를 납작하게 눌러줬다는 것만으로 팬들은 만족했다.

"내가 뭐라고 했나? 이상진은 역시 엄청난 선수야!"

테오 엡스타인 사장은 경기가 끝나자마자 샴페인을 터뜨리며 미친 듯이 웃었다.

선수단에 특별한 선물을 돌리라고 지시를 내렸지만 그건 아쉽게도 뒤로 미뤄야 했다.

바로 이상진의 올림픽 대표 팀 합류 때문이었다.

─이상진 최고다! 내가 살다 살다 한국인 투수가 메이저에서 퍼펙트를 해내는 걸 볼 줄이야!

└노히트보다 퍼펙트를 먼저 달성하네.

└이걸 해내네? 미쳤네, 미쳤어!

└니가 메이저에서 짱 먹어라!

└카디널스한테 퍼펙트라니! 그 토니 스미스한테서 무안타라니! 넌 정말 난놈이다!

이상진의 퍼펙트게임 달성 소식에 한국도 뜨겁게 달아올랐다.

한국에 있던 메이저 팬들도 라이벌전에서 퍼펙트게임을 달성한 이상진을 일제히 칭송했다.

그리고 올림픽 대표 팀에 합류한단 사실에 다들 기대감에 부풀었다.

―이상진이 야구 대표 팀에 합류하면 도쿄까지 보러 간다!

코로나 바이러스가 터지고 방사능의 우려가 있어도 결국 강행된 도쿄 올림픽이었다.

이래저래 우환거리만 가득한 올림픽이었지만 이상진이 던지는 모습을 볼 수 있다는 사실에 모두 흥분해 있었다.

한국―미국에서 전부 퍼펙트게임을 달성했고 0점대 방어율을 기록하고 있는 투수.

올림픽에서 메달을 따낸다면 나중에 전설로 남을지 모르는 선수가 활약하는 모습을 두 눈에 담고 싶은 건 팬들이라면 누구나 똑같았다.

"비행기가 늦는군요."

올림픽 대표 팀을 따라다니며 취재하던 김명훈은 손목시계를 바라보며 초조한 기색을 드러냈다.

이상진이 도착하기로 한 비행기는 원래 한 시간 전에 도착했어야 했다.

그런데 중간 기착지에서 비행기가 지연되며 늦어지고 있었다.

"시차 적응도 있고 전력 분석 한 것도 이야기해야 하는데."

김경달 감독을 대신해서 이상진을 맞으러 나온 코칭스태프들도 당혹스러운 표정이었다.

애초부터 캠프에 참가하지 않고 바로 대표 팀에 합류하는 것부터 특혜 중의 특혜였다.

하지만 그만큼 이상진을 믿는 김경달 감독의 의지이기도 했다.

세인트루이스 카디널스의 김강현이 무려 2주 전에 합류한 걸 생각한다면 이상진을 대우하는 코치진의 태도는 특별했다.

"저기 나옵니다!"

이상진을 기다리고 있던 건 대한민국 국가대표 팀 관계자만이 아니었다.

도쿄 하네다공항에 비행기가 도착하고 수속이 끝나가고 있다는 이야기에 일본 기자들도 일제히 긴장하며 카메라를 들었다.

이윽고 문이 열리며 사람들이 나오기 시작했다.

"감사합니다. 대표 팀 응원도 부탁할게요."

문이 열리자 나타난 건 팬들에게 사인을 해 주면서 걸어 나오는 이상진의 모습이었다.

영호에게 짐을 한가득 맡긴 이상진은 비행기와 공항에서 마주친 팬들에게 사인을 하고 있었다.

그리고 엄청난 플래시 세례에 깜짝 놀라며 눈을 동그랗게 떴다.

"이상진 선수! 메이저리그에서 퍼펙트게임 달성을 진심으로 축하드립니다!"

"소감 한마디만 부탁드립니다!"

"이상진 선수!"

기자들은 일본 경찰이 혹시나 해서 마련해 둔 펜스까지 넘어갈 기세였다.

이상진은 쏟아지는 질문에 하나하나 대답하면서 싱긋 웃는 여유까지 내보였다.

김명훈은 멀리에서 그걸 지켜보며 이상진에게서 관록이 묻어나온다고 생각했다.

"이번에! 이번 올림픽에 국가대표 팀으로 차출이 됐는데 목표는 무엇인가요?"

"그쪽에 계신 분, 장난이 좀 지나치십니다. 국가대표 팀은 금메달을 목표로 도쿄에 왔습니다."

우문현답(愚問賢答).

어떤 대회에 참가하는 선수들에게 묻는다면 목표는 너무나도 당연했다.

"우승하는 게 당연하지 않습니까?"

남의 잔칫상을 엎어 보자

「다른 나라는 안중에도 없는 이상진, 메이저리거의 품격은 어디로?」

「존중과 예의가 없다. 한국인 메이저리거 이상진 논란」

「실력과 인성은 반비례, 한국 에이스 이상진의 민낯」

「최선을 다해도 메달이 없으면 인정받지 못하는 한국의 문제 있는 문화」

우승을 장담하는 이상진의 인터뷰.

일본 언론은 이것을 바로 바꿔서 악의적으로 보도하기 시작했다.

올림픽에 출전하는 모든 선수의 목표는 우승이다.

그런데 저걸 교묘하게 비꼬아 이상진의 인성과 품격에 문제가 있는 듯 보도하고 있었다.

"하여튼 이 자식들은 오백 년 전이나 지금이나 달라진 게 없어!"

"그냥 무시해요. 저러는 게 하루 이틀인가."

일본어를 읽을 줄 아는 영호는 기사를 읽고 길길이 날뛰며 분노했다.

그에 비해 상진은 심드렁한 얼굴이었다.

"그래도 저건 아니지!"

"다른 사람들도 화내고 있는데 형까지 그러면 정신 사나워요."

영호는 뭔가 묘한 기분이 들어 화를 내던 걸 멈추고 상진을 찬찬히 뜯어봤다.

한참 동안 영호가 자신을 바라보자, 대표 팀 유니폼과 장비를 살펴보던 상진은 고개를 돌렸다.

"왜 그렇게 봐요? 이렇게 잘생긴 사람 처음 봐요?"

"시끄러워. 그런데 너 뭔가 바뀐 것 같다?"

왠지 모르게 분위기가 바뀐 것 같았다.

예전 같았으면 경기에 들어가기 전이나 경기가 끝난 후에는 감정적으로 씩씩거리던 이상진이었다.

그런데 엊그제 퍼펙트게임을 달성한 이후 무척이나 침착해져 있었다.

업적을 하나 달성하고 나니 뭔가 내려놓은 것 같았다.

"내가 바뀌었다고요?"

"그래. 뭔가 되게 차분해진 거 같아."

"그러면 그런 거겠죠."

상진 자신도 기분이 무척 차분해져 있음을 느끼고 있었다.

퍼펙트게임을 달성하고 달성감에 취한 건 아니었다.

어딘가 모르게 자신이 보다 높은 곳에 올라 있는 기분이었다.

"이런 기분은 살면서 처음 느껴 보는 거 같아요. 마치 산 정상에서 세상을 내려다보는 기분이에요."

"그만큼 네가 야구에 있어서 최정상까지 올라왔다는 증거겠지. 그 전에 올림픽은 어쩔 거냐?"

"뭘 어떻게 해요. 감독님이 출전하라는 대로 나가야죠."

*　　　*　　　*

도쿄에서 열리는 올림픽이었지만 지난번 프리미어 12 대회가 열렸던 도쿄돔이나 그 유명한 메이지 진구 구장에서 경기가 열리지는 않는다.

올림픽 야구 경기는 개막전을 제외하고 전부 요코하마 스타디움에서 열리게 됐다.

개막전이 열리는 건 후쿠시마 아즈마 구장.

예전에 방사능 오염토를 모아 놓은 자루가 대량으로 쌓여 있는 사진이 언론에 보도되며 논란이 있었던 곳이었다.

"우리는 개막전이 아니라 다행이네요."

"개막전 욕심은 일본이 좀 컸으니까. A조로 배정도 받고 한일전도 피하면서 개막전까지 가져가니 개최국으로서 체면은 지켰지."

"그리고 가기도 싫으니까."

오염토를 치웠다고는 하나 그린피스에서 측정한 결과에 따르면 그곳의 방사능 수치는 지속적으로 노출될 경우 위험했다.

그나마 개막전만 치르기에 덜기긴 했어도 함께 경기를 하는 A조의 이스라엘 대표 팀은 불안감을 토로하기도 했다.

"우리는 요코하마 구장인가? 그런데 음식이 왜케 짜냐? 지난번에는 싱거운 것만 있더니."

"가게마다 다른 거겠죠. 아니면 지역마다 다르던가. 일본이라고 매번 맛이 그러리란 법은 없잖아요?"

상진은 바로 대표 팀 숙소로 들어가지 않았다.

미리 잡아 둔 호텔에서 하루 정도 컨디션을 조절한 후 대표 팀에 합류하기로 했다.

혹여 섣불리 다른 선수들과 함께 묵기 시작했을 때 시차적응이 제대로 되지 않은 이상진이 컨디션을 조절하는 데 실패할까 봐 한 배려였다.

"그럼 이제 들어가야겠지?"

"요코하마 구장으로 직접 가면 되겠죠. 오늘 선발이 좀 애매하긴 한데 잘해 주겠죠. 음? 웬 전화지?"

대한민국 야구 대표 팀 감독 김경달의 이름이 떠 있었다.

전화를 받으니 감독이 아닌 김송국 코치였다.

"무슨 일이신가요?"

—상진이냐? 별건 아니고, 경기장에 언제 오나 해서 전화해 봤다.

"안 그래도 지금 출발하려고 합니다."

이런저런 이야기를 하고 전화를 끊자 옆에서 소리 없이 웃던 영호가 말했다.

"어지간히 네가 소중한가 보다. 이렇게 편의도 봐주고 전화까지 해서 신경 쓸 정도라니."

메이저리그에서 활약하고 있는 다른 선수들은 전원 올림픽에 불참했다.

이유는 구단의 허락을 받지 못해서였다.

유형진은 물론 추진수, 김강현 같은 선수들 모두 출전하지 못하게 됐다.

물론 이면에 무슨 이야기가 오갔을지는 아무도 알지 못하겠지만 어찌 됐든 한국 선수 중에 유일무이한 메이저리거인 만큼 이상진은 대표 팀의 주요 전력이었다.

*　　　　*　　　　*

—이상진이 벤치에 앉아 있습니다! 대표 팀 유니폼이 잘 어울리는군요.

—세인트루이스 카디널스와의 경기를 소화하고 급하게 대표

팀에 합류해서 컨디션이 썩 좋아 보이지는 않는군요.

─개막전 선발로 나섰으면 했는데 참 아쉽게 됐습니다.

어제 후쿠시마 아즈마 구장에서 열린 개막전 일본 대 이스라엘은 일본이 3 대 1로 이스라엘에게 승리를 거두었다.

그리고 한국은 7월 30일 미국을 상대로 요코하마 구장에서 B조 첫 경기를 치르게 됐다.

"웬만해서는 다 아는 얼굴이구만."

대표 팀 유니폼을 입고 반대편 벤치를 보던 상진이 무심코 한 말에 다들 웃음을 터뜨렸다.

미국 대표 팀은 메이저리거 중에서 차출된 선수는 거의 없었기에 전부 마이너리그에서 뛰는 선수들이었다.

상진은 김송국 코치에게서 상대 출전 선수들의 명단을 받아 들고 훑어봤다.

만년 마이너리거도 있었고 메이저리그에 올라왔다가 다시 내려간 선수들도 있었다.

"분석이 된 선수는 그다지 많진 않네요. 컵스 선수들 정도라면 알려 드릴 수 있겠지만."

"괜찮다. 네가 겪어 본 선수나 아는 선수만으로 조언을 해 줘도 충분하니까."

전력으로서의 이상진은 물론 분석가로서의 이상진에 대해서는 이미 프리미어 12 때 겪어 봤었다.

이상진은 가끔 대표 팀 코칭스태프 이상으로 분석된 자료를 들고 오는 일이 많았다.

그래서 김경달 감독도 권한을 넘어서는 일이라곤 하나 이상진의 전력 분석을 일부 인정하기도 했다.

"선배님, 오랜만이에요."

"어? 은일아, 국가대표 됐다더니 진짜네? 나는 거짓말인 줄 알았다."

충청 호크스에서 한솥밥을 먹었던 정은일은 활짝 웃었다.

작년에 풀타임을 뛰면서 체력에 부쳐 허덕거리던 녀석이 어느새 국가대표까지 올라와 있었다.

후배가 왠지 자랑스러워서, 상진은 프로 데뷔한 지 3년 차나 됐는데도 아직 고등학생 티를 벗지 못한 은일을 슬쩍 끌어안았다.

"자식, 대단한데. 올해 타율은 몇이냐?"

"아직 3할 초반대예요. 더 올려야죠."

"키스톤 콤비가 3할 초반대면 괜찮은 수준이지. 실책은?"

"조, 조금 했어요. 그래도 작년보다는 줄어든 편이니까 괜찮아요."

사실 데이터를 미리 봐 뒀던 상진은 은일이 어떤 성적을 거뒀는지 알고 있었다.

타율은 3할 7리에 수비이닝은 리그 3위였고 실책은 2개뿐이었다.

키스톤 콤비라면 그 정도 타율로도 충분했다.

그리고 타율보다 60경기 넘게 출전해서 실책이 단 두 개뿐이라는 사실이 더욱 대견했다.

"국가대표 팀에 백업 선수로 합류했다고 해도 열심히 해야 하는 건 알지?"

"누가 백업이라고 그래요?"

후배를 놀리며 발끈하는 모습을 지켜보던 상진은 웃으며 고개를 돌렸다.

이제 경기가 시작할 시간이었다.

*   *   *

A조에 속한 나라는 일본, 대만, 그리고 이스라엘.

B조에 속해 있는 나라는 대한민국과 미국, 그리고 네덜란드였다.

다만 이상진은 조별 라운드 두 경기에 출전하지 않았다.

시차 적응의 문제도 있었지만 컨디션을 고려한 대표 팀 코칭 스태프의 배려였다.

"아, 지겨워. 나도 경기 뛰고 싶다."

물론 본인은 좀이 쑤셔 못 살겠다며 버둥거리고 있었다.

시차 적응은 오자마자 하루도 안 돼서 끝마쳤고, 컨디션은 완벽했다.

지금 공을 던지면 9이닝을 가뿐하게 소화할 수 있을 것 같았다.

"그래도 내일은 등판하시잖아요?"

상진은 씩 웃으며 하던 캐치볼을 재개했다.

멀리에서 공을 받던 후배 투수인 조성우는 고개를 갸웃거리며 다시 상진에게 공을 던졌다.

"내가 기다린 건지, 일본이 기다린 건지 알 수 없던 경기지."

조별 경기에서 세 팀이 치르는 세 번의 경기는 각각 29일부터 8월 1일까지였다.

그리고 8월 2일부터는 더블 엘리미네이션이 되는데, 각 조별 1위들은 내일 녹아웃 스테이지 2차전으로 먼저 올라가 있었다.

일본과 대한민국은 각각 A조와 B조 1위로 진출했기에 3라운드가 되어서야 만날 수 있었다.

"하필이면 미국하고 네덜란드를 상대로 너무 손쉽게 이겨 버렸어."

"그제하고 어제 불펜으로 나가지 않은 게 다행이었죠. 선배님이 한 경기도 던지지 않은 덕분에 일본전에 온전하게 출전할 수 있게 됐으니까요."

미국하고는 6점 차, 네덜란드와는 5점 차로 승리를 거뒀다.

그리고 오늘은 각조 2위와 3위들이 격돌하기에 1위로 진출한 대한민국 대표 팀은 쉬게 되어 이상진이 출전할 일이 없었다.

덕분에 심심함에 몸부림치고 있었다.

그래도 내일 상대가 일본이어서 참을 수 있었다.

"어이, 이상진."

"네, 감독님."

조 1위를 하고 한결 여유 있는 김경달 감독이 웃으며 휴대폰을 꺼내 흔들었다.

"일본 언론에서 너를 엄청 까던데, 읽어 줄까?"

"엄청 깐다고 말하면서 즐기는 거 같은데요? 어차피 상관없어요. 인성이 글러먹었다느니, 약점이 무엇이냐느니 하고 제 부상 경력까지 까발리면서 헐뜯기 바쁠 텐데요."

더블 엘리미네이션 2차전에는 1차전에서 승리를 거둔 팀끼리, 그리고 조별 1위끼리 맞붙게 됐다.

그래서 대한민국은 일본과 맞대결이었다.

김경달 감독은 놀랍다는 듯 눈을 크게 뜨며 웃었다.

"정답이야. 전부 맞혔는걸."

"일본 언론이야 다 그게 그거죠. 걔네는 몇 년이 지나도 똑같을 텐데요."

영호에게 건너건너 들은 이야기로도 일본 스포츠 언론들은 자신을 까지 못해 안달이었다.

상진은 조용히 웃었다.

"내일이 기다려지네요."

*　　　　*　　　　*

일본 야구 국가대표 팀은 프리미어 12에서 준우승을 차지했다.

한국만 넘어선다면 우승할 수 있었지만 하필이면 만난 게 이상진이었다.

하지만 그들은 인정하지 않았고 이상진을 분석하기 바빴다.

"현재 메이저리그 투수들 중에서는 최고라고 생각합니다."

이런 식으로 이상진을 추켜세우는 사람은 언론에서 맹렬하게 물어뜯을 정도로 우승을 빼앗은 이상진에 대한 증오가 대단했다.

그리고 그건 경기가 열리는 8월 2일 요코하마 구장에서도 마찬가지였다.

"우우우우!"

"와아아아!"

대한민국 대표 팀을 향한 야유와 일본 대표 팀을 향한 환호가 사방에서 들리는 가운데 경기가 시작됐다.

작년에 일본 프로 야구에서 노히트노런을 기록했던 오노 유다이는 올해도 건재했다.

그는 평균 142킬로미터 정도에 불과하지만 최고 구속은 152킬로미터까지 나오는 패스트볼을 구사하는 투수였다.

"데이터로는 팔색조라고 생각했는데 생각보다 패스트볼을 잘 던지네요."

"포심과 투심을 섞어서 던지는 유형이지. 절반 이상이 패스트볼이야."

일반적인 슬라이더와 종슬라이더를 던질 줄 알면서도 포크볼이나 커브까지 던질 수 있었다.

그래서 구종 데이터로만 보면 다양한 구종을 연속적으로 구사한다고 생각하기 쉬웠다.

"아웃!"

1회 초 대한민국의 타선은 맥없이 물러났다.

마운드에 오른 상진은 흙에 남아 있는 오노 유다이의 발자국을 지워 버리며 씩 웃었다.

"그럼 시작해 볼까?"

남의 잔칫상을 엎을 시간이었다.

일본 야구 국가대표 팀은 현미경 분석이라고 불릴 정도로 분석력이 뛰어나다고 알려져 있다.

하지만 사실 따지고 보면 메이저리그의 데이터보다 조금 부족한 편이고 어떤 면에서는 구시대적이고 아날로그적인 면이 많았다.

특히 정신력을 강조하는 부분에서 아직도 80년대 야구 같은 이야기를 하고 있었다.

"이상진을 무너뜨리기 위해선 정신적으로 무장을 단단히 해서 먼저 무너지지 않아야 합니다."

심지어 감독부터가 이런 이야기를 하고 있었다.

한국 언론은 물론 일본 스포츠 언론에서도 비난할 정도로 대책이 없어 보였다.

하지만 뒤로는 이상진에 대해 철저하게 파헤치고 있었다.

"미국에 진출한 이후로 패스트볼 계열의 구사율이 높아졌습니다."

"포심과 투심, 커터를 전부 합치면 70퍼센트가 넘습니다."

"변화구로는 슬라이더, 커브, 체인지업이 있습니다. 전통적인 구성이며, 들리는 말로는 한국에서 스플리터를 던질 줄 안다는 이야기도 있습니다."

프리미어 12 결승에서 이상진에게 호되게 당한 그들은 철저하게 준비를 했다.

패스트볼 구사율이 높아졌다는 이야기에 패스트볼 대처 능력이 좋은 선수들을 타선에 적극 기용했다.

그리고 투수도 젊고 재능 있는 선수부터 시작해서 불펜을 총동원할 생각이었다.

"메이저리그에서 이상진이 경기당 던진 구종별 투구 수 데이터입니다. 선수별로도 나눠봤습니다."

"타순별로는?"

"그것도 해 봤습니다."

일본 야구 대표 팀에게 다른 나라는 안중에도 없었다.

그들은 오로지 오늘 만날 대한민국 야구 대표 팀에게 복수하는 것만이 목표였다.

김경달 감독은 언론과의 인터뷰에서 일본전 선발로 이상진을 세울 것이라 미리 예고해 두었다.

그리고 이상진이 미국에서 온 이후로 출전하지 않았기에 예상하고 있기도 했다.

그런데도 대비해 두지 않는다면 빡대가리가 아닐 수 없었다.

이상진에 대한 데이터는 무궁무진했다.

작년 한국에서 뛰면서 산출된 자료와 프리미어 12 대회 당시의 자료, 그리고 메이저리그 진출 후의 자료가 모두 준비되어 있었다.

일본은 아예 발가벗겨 놓고 도쿄 번화가 한가운데에 떨어뜨려 놓은 것처럼 철저하게 분석하고 이상진을 공략할 계획이었다.

그들은 이상진을 무너뜨릴 자신이 있었다.

"스트라이크!"

물론 그 자신감은 처맞기 전까지였다.

*　　　　*　　　　*

─벌써 여덟 명 연속 삼진입니다!

─이상진 선수가 올림픽 첫 등판에서 일본 대표 팀을 휘어잡고 있습니다!

─대한민국이 낳은 무적의 투수가 일본 열도를 휘청거리게 만듭니다!

이상진은 겁에 질린 듯한 일본 대표 팀 타자를 향해 이번 이닝 마지막 공을 던졌다.

카운트는 투 스트라이크 노 볼.

타자에게 절대적으로 불리한 카운트였다.

"스트라이크! 타자 아웃!"

아홉 번째 타자까지 아웃을 잡아내며 이상진은 3회를 끝마쳤다.

일본인 관중이 가득 채워진 요코하마 구장은 너무 조용했다.

도서관이라고 해도 책장 넘기는 소리가 들리는데 이곳은 고요했다.

"어, 엄청나다!"

일본 관중 한 명이 자신도 모르게 이런 말을 내뱉고 헙 하고 입을 틀어막았다.

주위에 있는 관중들이 전부 자신을 쳐다봤기 때문이었다.

하지만 다른 사람들의 심정도 똑같았다.

일본 야구 대표 팀에 메이저리그에서 뛰고 있는 선수들이 합류하지 않았다고는 하나 일본 최강의 전력이라고 해도 될 정도였다.

오히려 메이저리그에 진출한 오타니 쇼헤이나 다르빗슈 유가 잦은 부상으로 힘들어한다는 걸 고려하면 지금의 전력이 더 나을 수도 있었다.

"연속 삼진이라니."

"일본 대표 팀이 이렇게 나약할 리 없어!"

일본인들 중에는 현실을 부정하는 사람도 나오고 있었다.

그만큼 일본 대표 팀이 맥없이 무너지는 걸 믿을 수 없어 했다.

그와 반대로 극소수이긴 해도 응원하러 온 한국 팬들은 환호했다.

자신이 한국인임을 잊지 않고 지낸 재일 교포들이나 바다 건너 일본까지 응원하러 온 그들에게 이상진은 영웅이었다.

"이상진! 파이팅!"

더그아웃으로 돌아와 물에 적신 수건으로 얼굴을 닦던 상진은 응원을 듣고 씩 웃었다.

일본인으로 가득한 경기장에도 자신을 응원하러 바다를 건너온 한국 팬들이 있다.

그들의 기대에 반하지 않기 위해서라도 오늘 자신은 승리해야 했다.

"가뿐하구나?"

"감사합니다."

"인사치레로 하는 감사는 필요 없다. 그래서 어떻다고 보는 거냐?"

김경달 감독의 질문에 상진은 일본의 마운드를 흘끗 바라봤다.

아까 던지던 투수가 내려가고 다른 투수가 올라와 있었다.

벌 떼 야구는 딱히 나쁘지 않은 선택이었다.

어찌 보면 지금 상황에 딱 맞는 선택일 수도 있었다.

"일단 일본 대표 팀은 저를 공략하지 못할 겁니다."

대단한 자신감에 코칭스태프는 물론이고 선수단 모두 웃음을 터뜨렸다.

그리고 감탄했다.

이상진에게는 그럴 능력이 있었다.

"그러면 일단 이놈들이 저기 있는 쪽바리 놈을 공략하느냐 마느냐인데. 이노무 시키들은 타자라는 것들이."

안타를 두 개밖에 뽑아내지 못한 대한민국 대표 팀 타자들은 김경달 감독의 힐난에 시선을 돌리며 딴청을 피웠다.

오늘 일본 투수는 3회까지 벌써 두 명이 올라왔다.

프리미어 12 대회 때도 시도했던 벌 떼 야구였고 그때도 어느 정도 효과를 봤었다.

이번에도 크게 다르지는 않을 터.

"일본 투수는 총 13명이었죠?"

"우리는 투수 타자를 12명씩 나눠서 구성했는데 저쪽은 투수 열셋에 타자 열하나로 구성했지."

올림픽 최종 엔트리는 24명으로 구성됐다.

물론 투타 비율은 각국 대표 팀의 재량에 따라 구성이 됐지만 일본은 투수를 하나 더 추가해서 마운드에 좀 더 비중을 두었다.

"오늘은 예상하고 준비했던 게 아닌가 싶네."

"그럴지도 모르죠."

일본에서 오늘 가장 경계하는 건 대한민국이다.

미국은 마이너리거 위주로 구성이 되어 있었고 26인 로스터에 포함된 선수는 메이저리그 30개 구단 중에 이상진만이 있었다.

비록 알려지지는 않았어도 시카고 컵스와 메이저리그 사무국 사이에서 26인 로스터에 포함된 이상진의 출전 때문에 마찰이 있었다.

하지만 컵스 구단이 위약금이 존재한다는 사실을 들고 나왔다.

만약 메이저리그 사무국이 이상진의 올림픽 출전을 방해한다면 소송을 통해 계약 불이행의 책임을 뒤집어씌우겠다며 으름장을 놓았다.

그러자 메이저리그 사무국은 100만 달러라는 금액을 지불하거나 소송에 휘말리는 것보다 차라리 이상진이 올림픽에 출전하는 게 더 낫다는 판단을 내렸다.

"제가 올 거라고 예상했던 걸까요."

"옵션 계약은 그러려고 맺었던 것 아니었나?"

"이러려고 맺긴 했죠. 사무국의 방해로 출전을 못 하게 된다면 저야 위약금을 어떻게든 받아 내면 그만이었으니까요."

이건 이상진에 대한 메이저리그 사무국의 견제이기는 했다.

절대적인 실력을 지닌 에이스의 등장은 하나의 스토리로써 좋았지만 너무 강한 게 문제였다.

내부에서는 잠시 이상진이 메이저리그에서 떠나 있는 게 홍행 면에서 더 낫지 않을까, 하는 의견도 있었다.

"그러면 어떻게 해 드릴까요?"

"일단은 9이닝? 투구 수는 알아서 절약해 주고 있으니까 딱히 걱정은 하지 않는다만."

김경달 감독은 이상진을 절대적으로 신뢰하기에 별다른 간섭을 할 생각은 없었다.

그리고 3회 말까지 상진의 투구 수는 26개뿐이었다.

이미 기대에 부응하고 있는 투수에게 해 줄 말은 없었다.

"어찌 됐든 저놈들의 콧대를 찍어 누르고 패자조로 보내 버려."

김경달 감독의 다소 격한 말에 상진의 입꼬리가 슬쩍 올라갔다.

그건 자신도 바라던 바였다.

*   *   *

"소원을 말해 봐~♪ 내게 말해 봐~♪"

예전에 유행했던 노래를 흥얼거리며 상진은 다시 마운드에 올라갔다.

김경문 감독의 소원을 접수한 상진은 마운드에 올라가 뒤를 돌아봤다.

전광판에 아로새겨진 0의 행진은 그의 활약을 대신 웅변해 주고 있었다.

하지만 자신의 공이 향할 곳은 전광판이 아니라 양희재의 미트였다.

"스트라이크!"

곤도 겐스케의 배트는 허무하게 허공을 갈랐다.

아니, 그만이 아니라 일본인 타자들의 배트가 제대로 공을 맞힌 적은 단 한 번도 없었다.

전부 스트라이크, 아니면 파울로 판정이 났다.

따악!

처음으로 공이 파울이 되지 않고 굴러갔다.

하지만 데굴데굴 굴러가는 땅볼을 2루수 정은일이 가볍게 잡아 1루로 송구했다.

"아웃!"

가볍게 엄지를 치켜세워 보이며 정은일은 의기양양한 얼굴로 웃어 보였다.

자랑스럽게 웃는 후배를 보며 마주 웃어 준 이상진은 다시 경기에 집중했다.

'2번 타자는 마루 요시히로. 작년 프리미어 12 때도 만났던 타자지.'

그때도 머리가 참 크다고 생각했는데 지금은 더욱 커보였다.

상진은 스스로 생각해도 참 쓸데없는 걸 떠올리면서도 공을 바꿔 쥐었다.

'서른이 넘었는데 오히려 전성기를 맞이한 선수지. 패스트볼 대처 능력도 좋고.'

이런 선수를 상대할 때는 몸에 붙이는 공이 좋았다.

하지만 몸 가까이 공을 던지는 건 투수들에게 있어 몸에 맞는 공을 줄 위험이 크기에 약간 위험했다.

국내에서도 최자석이 그런 약점을 적극적으로 이용해 몸에 맞는 공으로 출루율을 크게 올리기도 했다.

물론 부상 위험도 동반되기에 추천되는 방법은 아니었다.

'게다가 이런 선수가 2번 타순에 배치되다니. 이나바 아츠노리 감독이 칼을 갈고 나왔어.'

강한 2번은 메이저리그에서 대세이긴 했어도 일본 야구에서는 많이 선호되지 않았다.

그런데 중심 타선에 들어갈 만한 장타력을 지닌 마루 요시히로가 2번에 배치될 줄은 상진도 예상하지 못했다.

그만큼 이나바 감독이 자신을 무너뜨리기 위해 고심해 온 흔적이 역력했다.

'그래도 나를 상대로 안타를 쳐 내는 게 쉽지는 않겠지.'

우선 작년 프리미어 12 대회에서 이미 마루 요시히로를 상대해 본 경험이 있었다.

그때도 치지 못한 안타를 지금 와서 칠 수 있을 리 없었다.

그걸 잘 아는지 마루 요시히로도 차분하게 상진의 공을 바라봤다.

초구와 2구를 거른 그는 원 스트라이크 원 볼의 상황에서 3구를 기다렸다.

그리고 상진이 공을 던지려는 순간 갑자기 자세를 낮췄다.

'기습 번트?'

이건 상진도 예상하지 못한, 말 그대로 기습이었다.

일본 굴지의 장타력을 지녔으며 2017, 2018년 연속으로 일본 센트럴리그 MVP를 차지한 선수였다.

게다가 2013년부터 2017년까지 5년 연속 외야수 골든글러브를 차지하기도 한 선수였다.

그런 마루 요시히로가 기습 번트로 출루를 노렸다는 사실은 정말 의외였다.

하지만 당황한 두뇌와 달리 상진의 몸은 이미 움직이고 있었다.

앞으로 대시한 상진의 글러브는 번트로 굴러오는 공을 포구했다.

"아웃!"

아슬아슬하긴 했어도 1루에 도달하기 전에 잡아낼 수 있었다.

식은땀을 흘리면서도 상진은 이를 드러내며 사납게 웃었다.

"아주 장난질을 치네. 그딴 게 나한테 먹힐 것 같았냐?"

*　　　　*　　　　*

"말도 안 되는 일이야. 이건 꿈일 거야."

프리미어 12 대회 당시에도 똑같은 말을 했던 것 같았다.

일본 야구 국가대표 팀의 이나바 감독은 망연자실한 얼굴로 마운드 위의 상대를 바라봤다.

절치부심해서 무너뜨릴 타이밍이라 생각했었다.

그런데 이상진은 오히려 더 무시무시해져서 돌아왔다.

"이제는 패스트볼도 제대로 못 건드릴 수준이라니."

지난번 프리미어 12 때는 일본 대표 팀 타자들의 성향에 맞는 투구를 했었다.

메이저리그에 진출하며 성향이 바뀌었다고는 하나 기본적으로 동일하리라 봤다.

하지만 그에 제대로 대응하는 일본인 타자가 몇 없는 걸 확인하자마자 이상진은 자신의 구위로 찍어 누르기 시작했다.

마치 일본 대표 팀은 안중에도 없다는 듯.

아니, 다른 의미도 담겨 있었다.

'우리는 자신보다 하수라는 뜻이겠지.'

지금 이상진이 구위로 찍어 누르는 건 바로 동등하게 대할 자격조차 없다는 선언이었다.

"대체 왜 못 치냐는 거냐! 네놈들은 허공에 선풍기질이나 하려고 야구를 한 거냐!"

이나바 감독은 4회가 진행 중일 때 현실을 부정하며 이상진에 대해 감탄을 토로했다.

그러던 그가 5회에 들어오자 얼굴이 시뻘게지며 분노했다.

도저히 용납할 수 없었다.

이상진은 메이저에서 한창 뛰다가 비행기를 타고 지구 반대편까지 와서 제대로 된 컨디션일 리가 없었다.

그런데도 일본 야구 국가대표 팀 선수들은 공을 제대로 치질 못했다.

"좀 쳐 보란 말이다! 너희가 그러고도 자랑스러운 일본의 국가대표라는 명예가 부끄럽지도 않단 말이냐!"

선수들로서도 할 말이 목구멍까지 차올라 있었다.

답답하면 직접 가서 쳐 보라는 말을 하고 싶기도 했다.

하지만 그들이 이상진의 공을 쳐 내질 못하는 것도 사실이었다.

"스트라이크!"

그들이 분노하든 체념하든 이상진의 공은 힘차게 뻗어 나갔다.

일본 대표 팀이 예측했던 대로 이상진의 컨디션은 완전하지 않았다.

시차 적응을 했다고는 해도 익숙하지 않아서 그런지 밤에 자다가 깨는 일이 자주 있었다.

그리고 14시간이나 되는 비행도 바이오리듬을 미묘하게 뒤틀어 가끔 몸이 찌뿌둥하기도 했다.

'그래도 저 자식들 요리하는 것 정도는 아무것도 아니지.'

이상진은 이상진이었다.

예전에 기억해 두었던 일본 선수들의 데이터와 현재 변화한 그들의 차이점을 확인하고 약점을 공략한다.

힘으로 짓누를 수 있으면 짓눌러 버리고 그러지 못할 것 같다면 선수에 맞춰 유연하게 던진다.

"스트라이크!"

5회에 들어와 투아웃을 잡아내고 마지막 타자인 스즈키 세이야를 맞은 상진은 초구부터 스트라이크를 질렀다.

스즈키 세이야는 마루 요시히로가 요미우리로 FA이적한 이후 히로시마 도요 카프의 새로운 스타플레이어로 떠올랐다.

그런 그가 이번 경기에서 6번으로 배치되어 있었다.

타선에 무게감을 주기 위해 이나바 감독이 얼마나 고심했는지 알 수 있는 대목이었다.

"스트라이크!"

"이런 젠장!"

일본어로 된 욕설이 튀어나오며 스즈키 세이야는 발로 땅을 콱 찍었다.

지금 공은 분명히 칠 수 있을 거라 생각하고 배트를 휘둘렀다.

그런데 홈 플레이트 부근에 오기만 하면 이상진의 공은 기묘할 정도로 휘어져서 배트를 피해 갔다.

'영상으로 볼 때는 몰랐는데 실전에서 겪으니까 정말 성질날 정도로 짜증스러운 공이야.'

스즈키 세이야는 물론 일본 국가대표 팀 선수들은 전부 이상진을 분석했다.

단순히 데이터만 본 게 아니라 메이저리그에서 던진 경기는 전부 챙겨 봤다.

어떤 구종이 어떤 코스로 날아오는지, 스트라이크존을 얼마나 잘 활용하는지 세세하게 분석하고 연구했다.

하지만 실전은 달랐다.

"스트라이크! 타자 아웃!"

그는 이상진의 볼을 건드리지도 못했다.

배트로 애꿎은 땅을 내려치며 분노를 터뜨릴 뿐이었다.

                    *   *   *

　이나바 감독이 진정한 건 6회 공격이 시작되기 직전이었다.

　처음에는 현실을 부정하다가 아까는 길길이 날뛰며 화를 내던 그는 어느 정도 체념한 얼굴이었다.

　"후우, 그래도 0 대 0으로 균형을 유지하고 있으니 아직은 괜찮다."

　"정말 괜찮습니까?"

　"적어도 점수를 내주지 않았으니까. 연장을 가서 승부 치기를 한다고 하면 승산은 충분하다."

　이제는 현실과 타협을 하고 있었다.

　하지만 일본 대표 팀 선수들은 의구심 가득한 얼굴이었다.

　이미 6회 초까지 벌 떼 야구로 투수를 네 명이나 소모했다.

　어제 던진 투수와 내일 던질 투수, 그리고 혹시 모를 사태에 대비할 인원을 생각한다면 더 이상의 투수 소모는 피해야 했다.

　연장전은 투수 소모를 강요할 뿐이었다.

　"스트라이크!"

　6회 초 일본의 공격은 너무 맥없었다.

　상위와 중심 타선이 맥을 못 추는데 하위 타선이라고 다를 건 없었다.

　더 아이러니한 건 일본 선수단의 마음가짐이었다.

　이나바 감독이 연장전을 언급하며 정규 이닝 안에 점수를 내지 못할 것처럼 이야기하자 그들의 사기도 한풀 꺾이고 말았다.

점수를 내기도 힘들뿐더러 낼 의욕이 없으니 점수를 낼 수 있을 리가 없었다.

"아웃!"

맥없이 낸 배트에 맞은 공이 다시 유격수에게로 굴러갔다.

오늘 이상진이 던진 공 중에 외야로 날아간 공은 단 하나도 없었다.

전부 삼진 아니면 내야수들이 땅볼로 처리하는 게 전부였다.

그나마 유격수가 잡다가 실책으로 놓친 공 하나가 있기는 했다.

6회에도 무실점으로 틀어막은 이상진은 마운드에서 내려가며 고개를 갸웃거렸다.

"의욕이 하나도 없어 보이네요."

"너도 그렇게 느꼈냐?"

"예. 왠지 모르게 건성으로 치는 듯한 기분이었어요."

그렇다고 전의를 상실했다고 보기에는 투수들이 너무 열정적이었다.

더그아웃으로 돌아와 생각을 해 봐도 딱히 무엇 때문에 저러는지 알 수는 없었다.

하지만 짐작 가는 바가 아예 없는 것도 아니었다.

"점수를 내지 못하는 타선에 대해 질책이라도 한 걸까?"

"아니면 저한테 겁을 먹었을 수도 있죠."

"네가 강판하는 걸 기다리는 걸 수도 있겠지."

양희재의 말에 고개를 끄덕였다.

투수진이 분발하는데 타선이 저러는 건 그런 의도도 있을 수 있었다.

10회, 11회가 되면 이상진이 내려갈지 모르니 그때 가서 승부를 보게 힘을 아낀다는 생각일지도 몰랐다.

"재미있는 생각을 하네요. 투구 수를 보고도 생각을 못 하는 건지."

"우리가 9회가 끝나기 전에 점수를 낸다는 것도 말이지."

"그런데 희재 형, 지금 하는 걸 보면 우리도 점수는 못 낼 것 같은데요?"

안타는 일본보다 4개나 더 치고 있었지만 그때마다 적절한 투수 교체로 인해 맥이 끊기곤 했다.

적극적으로 타선의 흐름을 끊은 일본 투수진의 기세는 오를 만큼 올라 있었다.

"걱정 마라. 올해 우리도 마음을 단단히 먹고 왔으니까."

"제발 그래 주세요. 6회가 끝났는데 1점도 못 받는 건 너무 오랜만이라 적응이 안 되네요."

웃으면서 던진 상진의 농담에 선수단은 모두 웃음을 터뜨렸다.

안 그래도 그럴 생각이었다.

"걱정 마라. 경기는 9회까지일 테니까."

*　　　　　*　　　　　*

반대편 더그아웃에 있는 이나바 감독을 물끄러미 바라보던 김경달 감독은 문득 예전에 들었던 이야기가 떠올랐다.

사람은 자신의 죽음을 선고받으면 부정하고 분노하다가 타협하고 우울해하게 된다.

그리고 마지막에는 자신의 죽음을 납득하고 이를 받아들이게 된다.

아까는 길길이 날뛰던 이나바 감독이 펜스를 붙잡고 부들거리는 모습에서 왠지 그게 떠올랐다.

'아까는 분노에서 타협으로 갔으니 이제는 우울해할 차례인가?'

그의 짐작대로 이상진에게 두들겨 맞는 타선을 보는 이나바 감독은 무척이나 우울해하고 있었다.

자신이 고르고 고른 타자들이었고 더그아웃에서 계속 분석해서 사인을 보냈다.

하지만 그 어떤 사인도 들어맞지 않았고 타자들은 헛스윙만 계속하고 있었다.

그나마 빗맞은 안타가 하나 나와 노히트와 퍼펙트를 깨긴 했어도 위안거리조차 되지 않았다.

"타자들은 배트를 짧게 잡고 각자 상황에 맞춰 임기응변으로 대응하도록."

말이 좋아 임기응변이지 너네가 알아서 하라는 명령이었다.

그건 즉 더그아웃에 있는 코치진에게 마땅한 대책이 없음을 인정하는 것과 같았다.

타석에 서면서 타자들은 망연자실한 표정으로 자신들의 벤치를 바라봤지만 끝끝내 사인은 나오지 않았다.

"아웃!"

이번에는 1루수 정면으로 향한 공이었다.

올해 올림픽 대표 팀의 4번 타자로 차출된 박경호는 1루를 강습해 온 타구를 멋지게 잡고 베이스를 밟으며 아웃카운트를 늘려 나갔다.

외야로 나가는 공이 아예 없다 보니 외야수들은 개점휴업 중이었다.

"투수전이면 팽팽한 맛이 있어야 하는데 이건 뭐 너무 긴장감이 없는데?"

긴장감 있게 경기를 하는 건 일본 쪽뿐이었다.

한국 대표 팀은 아주 여유 있었고 수비가 길어져서 체력이 과하게 소모되거나 집중력이 떨어지는 것도 없었다.

수비가 짧게 짧게 끝나다 보니 공격에서의 집중력도 좋았다.

7회까지 안타는 8개.

점수가 나지 않는 게 유일한 흠이었지만 그래도 곧 점수가 날 거라는 기대가 있었다.

그리고 그 기대에 바로 부응했다.

—4번 박경호의 마수걸이 홈런! 이번 올림픽 첫 홈런입니다!

─5번 양희재의 백투백 홈런!

─약속의 8회! 대한민국의 타선이 그동안 쌓아 놓은 화력을
한 번에 풀어놓습니다!

8회가 시작되자마자 4번부터 8번까지 연속으로 홈런과 안타
가 터져 나왔다.

단숨에 균형이 무너지고 3 대 0이라는 스코어가 만들어지자
일본 대표 팀은 급격히 흔들리기 시작했다.

벌 떼 야구라는 기조 때문에 바로바로 투수를 교체하며 연
속 안타를 막아 보려고 했지만 기세가 오른 이상 막을 수는 없
었다.

─또다시 안타! 1번 정은일이 안타를 치고 나갑니다!

9번에서 잠시 막히나 싶었던 대한민국의 타선은 또다시 1번
타자 정은일부터 화력을 뿜어내기 시작했다.

이나바 감독은 탄식하며 얼굴을 감싸 쥐었다.

한 번 무너진 전세는 이미 포기한 지 오래인 그가 뒤집을 수
없었다.

*   *   *

「대한민국 야구 대표 팀, 일본을 5─0으로 격파!」

「선발 이상진, 메이저리거의 이름값을 하다」

「9이닝 무실점에 빛나는 이상진」

승자의 자격으로 기자회견장에 들어서자 카메라 플래시가 연속으로 터졌다.

눈이 부시다 못해 멀어 버릴 것 같았다.

미국에서 활약을 할 때도 이 정도는 아니었기에 상진은 살짝 얼굴을 찌푸리며 손을 들어 눈앞을 가렸다.

그러자 플래시 세례가 조금은 잦아들었다.

"오늘 승리를 축하드립니다, 김경달 감독님."

"감사합니다. 오늘 승리로 금메달에 한 걸음 더 다가갔다는 걸 실감하는군요."

"오늘 경기를 평가해 주신다면?"

"이상진 선수가 선발로 등판해서 마운드를 지켜주었기에 경기는 한결 수월하게 풀렸습니다. 마운드에 대해서는 전혀 걱정하지 않았고 타선도 산발적이긴 해도 안타를 쳤기에 언젠가 점수를 내리라 생각했습니다."

그만큼 대한민국 대표 팀은 일본을 압도했었다.

"오늘 최고의 수훈 선수를 꼽으신다면 누구를 꼽으시겠습니까?"

김경달 감독은 자신도 모르게 미소를 짓고 말았다.

그리고 주장 자격으로 참석한 양희재와 선발투수인 이상진도 싱긋 웃었다.

너무 당연한 이야기였다.

"모든 선수가 고루고루 활약해 주어서 승리할 수 있었지만 역시 완봉승을 거둔 이상진 선수를 꼽고 싶습니다."

당연하다는 반응이었다.

오늘 무려 13탈삼진을 잡아내며 일본 타선을 꽁꽁 묶어 놓은 이상진이 아니라면 누가 받을 자격이 있겠는가.

그때 기자 중 하나가 불쑥 손을 들었다.

이상진과 오랜 인연이 있는 김명훈이었다.

상진과 시선이 마주친 그는 씩 웃으면서 질문을 했다.

"월드 스포츠의 김명훈이라고 합니다. 이상진 선수, 8일에 있을 결승전 상대는 어느 나라가 되었으면 좋으신가요?

"아직 대한민국이 결승에 올라간다고 결정되지는 않았습니다만."

"그럼 만약을 가정해서 말씀해 주실 수 있으신가요?"

오늘 경기에서 패한 일본과 패자조 경기에서 승리한 네덜란드가 맞붙게 됐다.

대한민국이 결승에 올라가면 여기에서 승리한 나라와 맞붙게 된다.

누구라도 고민할 만한 상황.

하지만 상진은 주저 없이 골랐다.

"만약 대한민국이 결승에 간다면 상대로는 일본이 다시 올라왔으면 좋겠습니다."

"예? 어째서인가요?"

상진은 씩 웃으며 마이크를 꽉 움켜쥐었다.

멀리서 보고 있던 영호나 근처에 있던 희재나 웃으며 한숨을 쉴 정도로 자신만만하면서 아이 같은 모습이었다.

"그래야 오늘 못 한 노히트나 퍼펙트를 다시 해 볼 수 있지 않겠습니까?"

기왕 하려면 철저하게

「올라오면 한 번 더 짓밟아 주겠다, 이상진의 포부」

「일본 대표 팀의 악몽, 이상진이 기다린다」

「더블 엘리미네이션 2차전에 완봉승을 거둔 이상진, 결승전 등판 가능성은?」

2006년에 있었던 WBC 당시에도 더블 엘리미네이션으로 진행이 됐었다.

그때 관계자들을 당혹스럽게 만들었던 건 한 팀을 상대해서 승리를 거두어도 패자조에서 올라온다면 또다시 상대해야 한다는 점이었다.

그로 인해 한일전을 무려 본선 1라운드, 2라운드, 결선 토너

먼트에서 세 번이나 치러야 했다.

대한민국은 일본을 상대로 3번을 겨루어 2번을 승리했지만 하필 패한 게 결선 토너먼트였기에 우승을 일본에게 내줘야 했다.

어처구니없는 대회 방식이 아닐 수 없었다.

하지만 그것도 어찌 보면 하나의 진행 방식이었고 정작 중요할 때 이기지 못한 게 패인이었다.

"이번 대회 결승에서 위험하다 싶으면 저를 투입해 주십시오, 감독님."

그래도 이번 올림픽은 달랐다.

일본이 우승하기 위해서 이런 식으로 대진을 짜 났다고 하나 대한민국이 있었고 이상진이 있었다.

김경달 감독은 이상진의 요청이 없어도 결승전에 출전시킬 생각이었다.

그래도 4강전은 미국전이었다.

"그건 당연한 일이지. 그리고 미국전에서 이기는 것부터 생각해야 하지 않겠나?"

"그거야 그렇죠."

패자조에서 승리해서 한국과 맞붙게 된 미국은 마이너리거만으로도 우승을 노리고 있었다.

대한민국 입장에선 이미 조별 라운드에서 대승을 거두었기에 크게 경계하지 않았다.

"그리고 너는 불펜으로 들어간다."

"알겠습니다."

김경달 감독은 일본전에서 이상진을 선발로 기용할 생각이 없었다.

그래서 이렇게 통보하기 위해 감독실로 부르면서도 내심 조마조마했다.

메이저리그에서 압도적인 성적을 내고 있는 이상진은 생각보다 거대한 존재였다.

국가적으로도 힘든 시기에 메이저리그에서 활약하며 국위선양을 하는 스포츠 스타의 존재는 이미 90년대 말 IMF 때 증명이 됐다.

혹시라도 이상진이 반발해 언론에 핵폭탄급 발언이라도 한다면, 올림픽 야구 국가대표 팀의 운영 문제로 번질 수도 있다.

"너무 쉽게 받아들이는구나."

"감독님도 다 생각이 있으신 거잖습니까. 그리고 그 생각이 무엇인지 알지 못하는 것도 아니고요."

이상진은 김경달의 생각보다 빨리 납득했다.

이유는 여러 가지였지만 첫째로는 이미 선발로 뛰었으니 이후 경기에는 불펜으로 투입되는 게 합리적이란 이유에서였다.

둘째 이유는 다른 선수들 때문이기도 했다.

자신의 존재가 올림픽 대표 팀에서 너무 크기도 했고 원맨팀처럼 만든다는 사실도 알았다.

그래서 다음 일본전에는 다른 선수들이 활약했으면 하는 바람이었다.

"이해해 줘서 고맙다."

"이런 걸 고맙다는 이야기까지 들을 이유는 없잖습니까? 당연한 일인데요."

"그래도 네가 동의해 줘서 마음이 한결 편하구나."

"나중에 문제가 생기면 전부 감독님 책임인데 이 정도 힘은 실어 드려야죠."

상진은 자신의 위치가 어떤지 정확하게 알고 있었다.

대표 팀에 합류하고 훈련을 할 때마다 후배 투수들이 자신을 바라보는 선망의 시선이 부담스러울 때도 있었다.

과거 국가대표 팀의 에이스로 자리 잡았던 유형진도 이런 압박감을 느꼈을까 싶기도 했다.

"책임이라. 참 무거운 법이지."

"그래도 걱정하지 않으셔도 됩니다."

이제는 그런 압박감을 자연스럽게 흘려보내는 법도 터득했다.

성적을 내는 한, 그런 압박은 아무것도 아니었다.

"감독님이 책임질 일은 우승한 책임밖에 없을 테니까요."

"언제나 그렇지만 네 말을 듣다 보면 어처구니없으면서도 참 든직하구나."

김경달 감독은 웃음을 터뜨렸다.

*　　　　*　　　　*

"쳐! 치라고!"

저쪽에서 영어로 들려오는 고함 소리에 상진은 미소를 짓고 말았다.

미국 야구 국가대표 팀은 4회까지 무안타로 무너지고 있었다.

선발로 나온 양헌종은 적절한 투구로 마이너리거들로 구성된 대표 팀을 농락하고 있었다.

'미국 국가대표 팀의 선수들은 마이너리거들이에요. 마이너리거들 대부분은 패스트볼에 대한 대처 능력은 좋지만 변화구에는 무척이나 취약하죠. 하던 대로 던지면 문제는 없을 거예요. 다만 어설픈 패스트볼은 안 던지느니만 못하니 조심하세요.'

양헌종은 상진의 조언대로 미국 국가대표 팀을 요리하고 있었다.

철저하게 변화구 위주로 투구 패턴을 가져갔다.

동시에 조별 라운드에서 파악한 타자별 성향과 이상진의 분석에 힘입어 무안타를 이뤄내고 있었다.

"후우, 살 떨리네, 살 떨려."

4회도 무안타로 틀어막고 마운드에서 내려온 양헌종은 이마에서 땀을 닦으며 털썩 주저앉았다.

지금까지 수많은 경기를 치러온 그 역시 국가대표 경기에서는 아슬아슬한 기분을 느꼈다.

게다가 지금 패한다면 3, 4위전으로 내려가게 된다.

결승 진출을 위해서라도 밀려날 수 없는 경기였다.

"그래도 잘했어요."

"잘하기는 잘했는데 가끔 심장이 두근거리더라."

"에이, 헌종이 형이 강심장인 거야 세상이 다 아는데요."

"나 은근히 새가슴이야. 몰랐어?"

"그런 사람이 방금 전에는 아웃카운트를 패스트볼로 잡아요?"

대부분의 투수는 카운트를 유리하게 가져갈 때 패스트볼을 활용한다.

그리고 아웃을 잡으러 들어갈 때 변화구를 사용한다.

하지만 양헌종은 달랐다.

미국 타선을 상대로 체인지업을 던지는 대신에 슬라이더를 주로 사용해서 카운트를 유리하게 끌고 가더니 마지막에 패스트볼로 아웃을 잡아냈다.

보통의 투수들과 다른 투구 전략이라 미국 선수들도 당황해하고 있었다.

"미국은 어떠냐?"

"사람 사는 곳이죠."

"괜히 그런 말 하지 말고. 나도 미국에 한번 가 볼까 하니까 묻는 거야."

올 시즌이 끝나면 양헌종도 FA 자격을 얻게 된다.

2016년 시즌이 끝나고 해외 진출을 시도해 봤지만 돌아온 반응은 차가웠다.

그래서 국내에 잔류한 그는 이번에 다시 해외로 나가볼 생각이었다.

"지금처럼 해도 무방할 거예요. 그래도 조금 더 다듬을 필요는 있어요."

"예를 들자면?"

"투심을 던지세요. 이제 곧 서른다섯이니까 던질 때도 됐잖아요?"

양헌종은 빙그레 웃으면서 고개를 끄덕였다.

안 그래도 경기에서 던지지는 않아도 요새 투심을 연습하고 있기는 했다.

"네가 보는 내 장점은 뭐야?"

"메이저리거의 관점에서요? 아니면 일반적인 관점에서요?"

"메이저리거의 관점으로 부탁할게."

메이저리그를 원했기에 메이저리그의 시선으로 보는 평가가 필요했다.

상진은 곰곰이 생각하다가 입을 열었다.

"패스트볼에 자신 있는 투구 전략을 조금 바꿔야 해요. 메이저리그는 변형 패스트볼의 시대라 컷 패스트볼이나 투심 패스트볼 구사율이 무척 높은 편이에요. 싱커도 나름대로 있긴 하지만 부상 위험이 높다고 그렇게 대중적으로 쓰이진 않아요."

"포심은 무리일까?"

"오늘 경기 시작하기 전에도 말했지만 메이저리거들은 기본적으로 패스트볼 대처 능력이 좋아요. 충청 호크스의 윌리엄이 패스트볼 대처 능력이 떨어지다 보니 한국에 오게 된 케이스죠."

시속 150킬로미터 이상의 패스트볼이 늘 나오는 게 메이저리그였다.

그래서 평균적으로는 시속 140킬로미터 중반에 형성되는 양헌종의 패스트볼은 통타당하기 쉬웠다.

"어쨌든 간에 구종을 좀 더 다듬어야 한다는 거구나."

"그래도 형은 이닝을 잘 먹어 주잖아요. 지금 강현이 형도 메이저리그에서 좋게 평가받는 게 일단 경기마다 5, 6이닝은 먹어 주고 자책점도 준수하게 잘 나오니까요."

상진은 양헌종이 메이저리그에 오면 성공할 거라고 생각했다.

상황에 맞춘 투구를 할 줄 아는 것도 그럴뿐더러 패스트볼을 적극적으로 활용하는 성향.

그리고 무엇보다 이닝을 소화하는 능력이 좋아서였다.

"이제 또 나가 보셔야겠네요."

"벌써? 이야기가 너무 재밌어서 이렇게 된 줄도 몰랐네."

대한민국 대표 팀 타자들의 공격이 끝나고 다시 수비해야 하는 시간이 됐다.

헌종은 글러브를 챙겨 들고 자리에서 일어났다.

"형."

"왜?"

"쟤네는 미국 마이너리그에서 뛰는 애들이에요."

상진은 마저 힘을 불어넣어 주었다.

"쟤네한테 지면 메이저리그는 꿈도 꾸면 안 돼요."

그 말에 양헌종은 동기부여가 됐는지 슬쩍 미소를 지었다.

"그럼 절대로 지면 안 되겠네."

미국과의 경기는 스무스하게 흘러갔고 양헌종의 무실점 투구도 계속 이어졌다.

6회가 지나며 체력적으로 조금 떨어지기 시작했어도 실점이 나지 않는 건 변함이 없었다.

그리고 5회에도 1점, 6회에도 1점을 내면서 대한민국 대표팀은 조금씩 점수 차를 벌려 나갔다.

7회 이후에 양헌종이 교체됐지만 위험한 상황은 만들어지지 않았다.

불펜이 1실점을 하긴 했어도 마찬가지였다.

"스트라이크! 아우우우웃!"

"이걸로 경기는 쉽게 끝나겠군요."

"그런데 정말 괜찮겠어? 일본전에 노히트나 퍼펙트를 해 보고 싶다고 말했으면서?"

양희재는 조금 걱정스러운 듯 물었다.

이상진이 일본전에 대해서 욕심을 내고 있다는 건 알고 있었다.

그래서 선발이 아니라 불펜으로 던지게 됐다는 사실이 아쉽지 않은지 걱정스러웠다.

"그때 했던 말을 꼭 지켜야 하는 건 아니죠. 이미 일본 물 먹인 건 두 번이니까요."

사실 지겹기도 했다.

엊그제 맞붙었던 일본 야구 국가대표 팀은 자신의 앞에서
자포자기한 듯한 모습을 보였다.

과거 한국에서 뛸 때도 그랬지만 아무리 승리를 추구한다고
해도 상대가 너무 맥없이 나가떨어지면 재미가 없는 법이다.

'물론 포인트 벌이로는 짭짤하지만.'

이상진에게 있어서 일본 대표 팀은 포인트 벌이, 그 이상도
이하도 아니었다.

*   *   *

8월 1일 오후 2시 47분.

대한민국 대 미국의 경기는 대한민국의 5 대 1 승리로 결정
났다.

가볍게 휴식을 취하거나 낮잠을 잔 선수들은 오후 7시부터
열리는 일본 대 네덜란드 경기를 시청하기 시작했다.

상진은 그 와중에도 먹을 것을 쉬지 않고 먹었다.

음식을 먹어도 포인트가 크게 들어오진 않았어도 이제는 버
릇이 됐다.

"네덜란드가 끈질기게 물고 늘어지네."

"예전에 WBC에서도 그랬지만 저력 있는 팀이니까요."

네덜란드는 몇몇 선수들이 메이저리그에서 뛸 정도로 좋은

팀이었다.

그들 중에는 상진이 직접 대결했던 선수들도 있었다.

"그래도 일본이 유리하네."

일본은 공수에서 모두 탄탄했다.

네덜란드의 선발투수 톰 스티프벌젠이 열심히 던지고는 있었지만 점점 늘어나는 실점은 어쩔 도리가 없었다.

게다가 5회에 투수 교체를 하자마자 나온 불펜 투수가 대량 실점을 하며 점수 차는 더욱 벌어졌다.

"결정이 났네."

"일본 대표 팀도 타자들을 교체하기 시작했어."

처음부터 끝까지 일본 대표 팀은 경기를 리드했다.

9회 2아웃에 올라온 네덜란드의 마지막 타자 다알 칼튼은 4점 이상 벌어진 점수 차에 따른 압박을 이겨내지 못하고 헛스윙만 연발했다.

그런 자신감 없는 스윙으로는 결과는 바뀌지 않았다.

"스트라이크! 아웃!"

─경기 끝납니다! 2020 도쿄 올림픽 야구 결승전은 한일전이 됐습니다!

일본 대 네덜란드 경기가 끝나는 장면을 보며 다들 주먹을 꽉 쥐었다.

2006년 WBC에서 있었던 이야기는 다들 알고 있었다.

이번에는 그런 참사가 재현되어서는 안됐다.

"선발 욕심을 내면 안 되는데 자꾸 나네요. 구도 좋고 시나리오 좋고."

상진도 자리에서 일어나며 중얼거렸다.

다른 선수들의 시선이 자신에게로 향하는 걸 느끼며 상진은 빙그레 웃었다.

"그럼 드라마틱하게 적진에 우리의 깃발을 꽂으러 가 볼까요?"

*   *   *

"지난번에는 졌지만 이번에는 더욱 철저하게 준비하고 있습니다."

일본 야구 국가대표 팀은 패자전에 떨어졌어도 네덜란드를 잡고 결승 진출에 성공했다.

이나바 아츠노리 감독은 기자회견장에서 단호하게 우승을 노린다고 선언했다.

하지만 다음 이어진 질문에 얼굴을 구겼다.

"이상진에게 프리미어 12와 지난 경기에서 발목을 잡혔습니다. 이번에도 그렇게 되지 않을까요?"

벌써 두 번이었다.

이상진이 선발로 나와 일본 대표 팀 타선을 꽁꽁 얼려 버린 게 두 번이었다.

그래도 이나바 감독은 표정 관리를 하면서 간신히 웃어 보일 수 있었다.

"이번에는 다릅니다. 이상진은 지난번에 선발로 뛰었던 체력이 온전히 회복되지 않았습니다. 그리고 선발도 아니죠. 그가 등판하든 등판하지 않든 일본 야구 국가대표 팀은 우승할 준비가 되어 있습니다."

이상진을 무척이나 강조하는 이나바 감독의 말은 떨리고 있었다.

마지막 말에 일본 기자들은 환호했지만 다른 나라 기자들은 의미심장한 시선을 주고받았다.

"이상진이 불펜으로 등판할 가능성은 생각하지 않으시는 겁니까?"

"생각하고는 있습니다. 하지만 그 전에 우리가 먼저 점수를 내서 경기를 리드한다면 그도 어쩔 도리가 없을 겁니다."

먼저 경기를 리드해서 이상진이 승패를 확정 짓지 못하게 한다는 게 작전의 골자였다.

하지만 기자들의 생각은 달랐다.

리그에서 아무리 약팀이라고 해도 3할 이상의 승률은 거둔다.

그리고 대한민국 야구 국가대표 팀의 전력은 일본과 비교해서 크게 뒤지지 않았다.

서로 엇비슷한 팀 간의 대결은 어느 쪽이 승리할지 알 수 없는데 일본이 과연 처음부터 리드할 수 있는지.

기자들이 품고 있는 건 그것에 대한 의문이었다.

"그렇다면 이상진이 없는 한국 대표 팀은 쉽게 이길 수 있다는 겁니까?"

교묘하게 유도된 질문이었다.

이상진이 계속 거론되자 약간 흥분해 있던 이나바 감독은 그게 특정 대답을 유도하는 질문이라는 걸 깨닫지 못했다.

"물론입니다. 대한민국 대표 팀은 이상진이 없다면 일본 대표 팀을 이길 수 없습니다."

*   *   *

"개자식들이! 우리를 무시해?"

대표 팀 4번 타자인 박경호를 비롯해서 주장 김연수, 포수 양희재까지 전부 분노했다.

분노하는 건 타자들만이 아니라 투수들도 마찬가지였다.

상진이 없으면 아무것도 못 하는 허수아비처럼 생각하는 듯한 이나바 감독의 말에 대표 팀 선수들은 흥분을 감추지 못했다.

"시끄럽다! 이놈들아! 그렇게 흥분하면 칠 공도 못 쳐!"

결국 김경달 감독이 큰소리를 내고서야 선수들은 차차 진정했다.

하지만 씩씩거리면서 분을 참는 모습은 어쩔 수 없었다.

"일본 대표 팀 감독이 저런 말을 하는 건 두 가지 이유가 있겠지. 우선은 이상진을 제외한 우리 선수들을 흥분시켜서 내일 경기에 제대로 임하지 못하게 만드는 것. 그리고 내가 이상진을 쉽게 투입하지 못하게 만들기 위한 술수다."

본래 이나바 감독의 실언이었다.

하지만 그것이 어떤 효과를 불러일으켰는지 아는 이상 김경달 감독은 선수들을 다독이고 분노를 투쟁심으로 바꿔야 할 의무가 있었다.

김경달 감독이 설명하고 보듬어 살피자 흥분했던 선수들도 서서히 마음을 가라앉혔다.

"그러면 내일 선발은 이영화로 결정됐고 전원 불펜에서 대기한다. 이상진, 너도 예외는 아니다."

"오히려 바라던 바입니다."

그래도 이상진의 투입 시기는 신중해야 했다.

지고 있을 때 투입했다가 역전하지 못한다면 그것도 문제였다.

그때 이상진이 먼저 입을 열었다.

"이런 방법은 어떻겠습니까?"

설명을 들은 감독은 어처구니없다는 듯 웃음을 터뜨렸다.

"그게 되겠나? 말이 많을 텐데?"

"상관없지 않을까요? 솔직한 감상으로 일본에서 뭐라고 지껄이든지 저는 던지고 싶고 우승하고 싶을 뿐입니다."

승부보다는 승리를.

이상진에게 있어서 일본이 뭐라 하든 금메달을 따내는 것 외에는 아무런 의미도 없었다.

"개는 개들대로 짖고 우리는 메달을 얻으면 됩니다."

*   *   *

―2020 도쿄 올림픽 야구 결승전! 한국 대 일본! 일본 대 한
국의 맞대결이 성사되었습니다!

―결승에 진출하며 병역이 해결되어 동기부여가 되지 않을
수도 있다는 의견이 있다는데 어떻게 생각하십니까?

―그래도 금메달을 따내겠다는 선수들의 염원이 대단합니
다. 그리고 이상진 선수를 포함한 전원이 불펜에서 대기하고
있습니다. 기대해도 좋을 듯합니다.

해설자들이 쉴 새 없이 떠드는 와중에도 인터넷에서는 팬들
사이의 이야기가 불타오르고 있었다.

오늘 팬들의 관심사는 두 가지.

대한민국 야구 대표 팀이 금메달을 따낼지와 함께 이상진의
등판 여부였다.

이틀 전에 9이닝 완봉승을 거두었기에 오늘 등판하지 않으
리란 의견이 지배적이었다.

하지만 김경달 감독이 어제 선발로 던진 양헌종을 제외한
모든 투수를 불펜에서 대기시켰기에 전부 기대하고 있었다.

—승리를 확정 지을 순간에 투입시키겠지.

—동점일 때 투입할 거야. 일본의 기세를 끊으려면 그때가 적당하지 않을까?

—선발이 아니라면 중간도 좋고 마무리도 좋고 다 좋다!

—우리도 투수진만 보면 만만찮다고. 이상진 없어도 우승할 수 있어!

엊그제 이나바 감독의 인터뷰 때문에 팬들도 약간 흥분한 상태였다.

하지만 선수들은 어제의 흥분은 전부 가라앉히고 냉정하고 차분한 상태로 경기를 맞고 있었다.

"오늘 선발이 영화라는 말에 일본 놈들은 희희낙락하고 있겠지?"

"그럴 수도 있고 아닐 수도 있죠."

"내 연봉 깎아서 저놈들 때려잡을 수 있으면 얼마든지 깎을 수 있을 거 같다."

양희재는 으르렁거리면서 반대편 벤치를 노려봤다.

국가대표 팀 주장으로서 가장 많이 분노하면서도 일본 팀을 가장 많이 분석하고 공부한 게 바로 그였다.

그래서 자신들을 무시하는 일본 대표 팀에게 한 방 먹이고 싶어 했다.

"네 등판은 계획대로 될까?"

"당연히 될 거예요. 영화도 딱히 부담감을 느끼지 않는 거

같으니 잘되겠죠."

김경달 감독이야 웃으면서 받아들였지만 선수들은 어제 상진이 이야기한 작전에 반신반의했다.

일단 상진에게 부담스러운 작전이었다.

두 번째로 제대로 된 타이밍을 잡기 애매한 작전이기도 했다.

한 번만 삐끗하더라도 부담은 부담대로 주면서 우승을 못 할 수도 있었다.

"그러면 시작해 볼까."

*   *   *

선발투수로 올라온 이영화는 1회를 잘 넘겼다.

안타를 하나 맞기는 했어도 가볍게 무실점으로 1회를 넘기고 2회도 무난하게 넘겼다.

대한민국 대표 팀 상황에서는 작전대로 흘러가고 있었다.

위기는 3회에 찾아왔다.

―안타! 이영화 선수가 연속으로 안타를 맞으며 위기를 맞습니다!

―김경달 감독! 투수 교체를 지시합니다!

―이상진 선수가 불펜에서 연습 투구를 하고 있습니다! 이상진 선수가 투입되려나요?

일본 대표 팀도 불펜의 움직임을 감지하고 바짝 긴장했다.

'드디어 올라오는구나.'

'이상진이 등장하나?'

'대체 몇 이닝이나 던질 생각이지?'

일본 대표 팀 타자들의 머릿속은 무척 복잡해졌다.

그들은 지난번의 승부를 상기하며 이상진이 올라온다면 어떻게 상대할지 제각각 생각해 둔 바가 있었다.

이제 그 방법을 꺼내서 상대해 보고 그래도 안 된다면 어떻게든 시간을 끌어 볼 생각이었다.

그런데 불펜의 문이 열리고 등장한 얼굴은 전혀 다른 사람이었다.

─문경천 선수로군요! 이상진 선수는 몸을 풀다가 멈췄습니다!

─일본 대표 팀 타자들이 맥 빠진 표정이 되는군요.

이상진이 나올 거라 생각하고 바짝 긴장했던 그들은 다리 힘이 풀릴 정도로 긴장이 풀어졌다.

그리고 위기 상황에서 등판한 문경찬은 이상진을 상대할 생각을 하다가 맥이 풀린 일본 대표 팀 타자들을 잘 마무리하고 3회를 넘겼다.

4회로 넘어온 문경찬은 타자 둘을 잡아내고 안타를 맞았다.

그러자 김경달 감독은 다시 투수 교체 신호를 보냈다.

'이번에는 나오나?'

아까 등판하지 않았던 이상진은 아직도 불펜에 있었다.

이번에야말로 이상진이 등판할 거라 생각했던 일본 대표 팀 선수들은 바짝 긴장한 채로 불펜 쪽을 뚫어져라 바라봤다.

'아까 몸을 풀었으니 이번에는 나오겠지?'

'이번에 나온다면 반드시 안타를 쳐 주마.'

'엊그제는 엊그제고 오늘은 오늘이다!'

불펜의 문이 열리는 순간 일본 대표 팀 타자들은 다시 넋 놓은 표정을 지었다.

이상진에 대한 투쟁심을 불태웠지만 등장한 건 껍질 깐 감자 같이 생긴 투수였다.

—이번에는 함덕수 선수입니다!

—강남 그리즐리의 뒷문을 책임지는 마무리 함덕수가 등판합니다!

—이상진 선수가 아닌 게 아쉽긴 하지만 대표 팀에서도 매우 든든한 투수입니다!

또 속았다.

일본 대표 팀 타자들의 얼굴은 일그러졌다.

자꾸 이상진을 의식하는 자신이 바보 같기도 했고 이상진이 자꾸 불펜에서 몸을 푸는 게 거슬리기도 했다.

함덕수는 5회까지 제대로 틀어막고 6회에도 등판했다.

하지만 본래 마무리로 뛰던 투수였던지라 체력이 떨어지자 안타를 맞았다.

1루에 주자를 출루시키자 일본 대표 팀 감독 이나바 아츠노리의 시선이 대한민국 대표 팀 벤치로 향했다.

그리고 그의 생각대로 김경달 감독의 투수 교체 신호가 나왔다.

투수 교체 신호가 떨어지자 일본 국가대표 팀 선수들의 심장이 덜컥 내려앉았다.

'드디어 나오나?'

이번에는 이상진일지도 모른다는 생각에 그들은 잔뜩 긴장했다.

그들은 두근거리며 불펜의 문이 열리길 기다렸다.

하지만 불펜의 문이 열리고 등장한 건 이상진이 아니었다.

―아! 또 속았습니다! 이번에는 조성우 선수였습니다!

―이상진 선수는 몸을 풀던 걸 멈췄군요. 부담은 되지 않을까요?

강동 챔피언스 소속의 조성우가 등장하자 일본 대표 팀은 이제는 그럴 줄 알았다는 표정이 됐다.

다행스러워하기도 했지만 연달아 긴장했다가 풀리기를 반복한 그들의 마음은 느슨해져 있었다.

누군가 야구는 멘탈 스포츠라고 말했다.

그 말대로 이상진만 주목하다가 집중력이 흐트러진 그들이 안타를 쳐 내는 건 하늘의 별 따기보다 어려웠다.

─또다시 이상진 선수가 몸을 풀기 시작합니다!
─옆에는 고우선 선수가 함께 몸을 푸는군요!

1이닝이 또 지나고 7회가 되었다.

아까 올라왔던 조성우가 안타를 하나 맞자마자 한국 벤치에서는 교체 지시가 떨어졌다.

또다시 투수 교체였다.

이번에는 고우선인가, 아니면 정말 이상진인가.

이미 문경천, 함덕수, 조성우까지 세 명이나 교체하면서 이상진을 내보낼 듯 말 듯 간을 봤다.

그래서 이나바 아츠노리 감독은 이번에는 주먹을 꽉 쥐었다.

"김경달 감독은 이상진을 내보낼 생각이 없어. 이미 불펜에서 지쳤을 텐데 내보내서 뭐 하겠나?"

"그 말씀이 맞습니다, 감독님."

이나바 감독은 물론 일본 코칭스태프들 역시 이번에도 이상진이 아닐 거라 확신하고 있었다.

또 마음을 졸이기에는 너무 많이 당했다.

불펜 상황을 지켜보던 관중들도 이제는 반신반의하고 있었다.

"에이, 아니겠지."

"이번에는?"

"이번에는 정말 이상진이야?"

"이번에도 아니라니까? 또 속냐?"

투수 교체 신호가 떨어지자 일본 대표 팀 선수들은 물론 관중들까지 전부 불펜을 바라봤다.

끼이이익.

불펜의 문이 열리며 나타난 투수는 이상진이었다.

그는 그라운드 안으로 들어오며 두 팔을 벌렸다.

동시에 요코하마 구장이 폭발한 듯한 함성이 터져 나왔다.

그리고 이나바 감독의 심장이 덜컥 내려앉았다.

"이런 젠장! 이번엔 진짜 나오는 거였냐!"

일본 대표 팀 타자들은 이상진이 등장하자 올 것이 왔구나, 하는 반응이었다.

그들은 이제 홀가분한 기분까지 들었다.

매도 먼저 맞는 게 낫다는데, 계속 나올 듯 말 듯 하니 긴장했다가 풀어지길 반복해서 오히려 정신적으로 지쳤다.

"이제 나왔구나!"

여러모로 부담이 간다는 말은 맞았다.

하지만 생각보다 체력적인 소모는 덜했다.

3회부터 지금까지 불펜에서 던진 공은 20개 내외.

이 정도의 공은 경기 때 훨씬 많이 던져 봤다.

"점수를 내고 불러 주고 싶었는데 일이 이렇게 됐네."

"사실 불펜에서 좀이 쑤셔서 못 버티겠더라고요. 3이닝을 던지는 한이 있더라도 일단은 올라오고 싶었어요."

"영점 조절은?"

"제가 누구라고 생각하세요?"

언제나와 똑같은 자신감 넘치는 대답.

양희재는 상진의 대답을 듣고 씩 웃었다.

이 세상에서 그 누구보다도 믿음직스러운 대한민국 대표 팀 에이스의 대답을 들은 그는 상진의 어깨를 두드려 주고 마운드에서 포수석으로 돌아갔다.

'역시 내가 올라오길 기다리고 있었나?'

타석에 서 있는 건 일본의 9번 타자이자 포수인 고바야시 세이지였다.

2013년 드래프트에서 요미우리 자이언츠에 지명받아 입단했고 2017년에 열린 월드 베이스볼 클래식에서도 국가대표로 출전한 적이 있는 선수였다.

그리고 일본시리즈 22회 우승에 빛나는 요미우리의 주전 포수이기도 했다.

'대형 포수이긴 하지만 수비형이지. 타격은 그다지 기대할 만하지 않아서 요미우리가 점수를 낼 때 맥을 끊어 버리기도 하지.'

일본 대표 팀 선수들에 대한 정보는 이미 머릿속에 있었다.

장타력도 없고 타율도 1할대를 유지하는, 멘도사 라인조차 넘지 못하는 포수였다.

"스트라이크!"

그런 포수를 요리하는 건 무척이나 쉬운 일이었다.

"스트라이크!"

이상진이 포심 패스트볼을 연발하자 고바야시 세이지의 배트는 맥없이 허공을 갈랐다.

타이밍도 제대로 맞추지도 못했고 패스트볼의 코스조차 읽지 못했다.

"스트라이크! 아웃!"

마지막 공은 스트라이크존 정중앙이었다.

자신을 농락하는 듯 3구 연속으로 포심 패스트볼이 날아오자 고바야시 세이지의 얼굴은 붉으락푸르락했다.

하지만 상진은 그에 대해 아무런 관심도 두지 않고 공을 만지작거렸다.

다음에 올라올 건 일본 대표 팀의 상위 타선이었다.

'오랜만인걸.'

지난 프리미어 12 대회 때도 만났던 사카모토 하야토가 1번 타자로 올라왔다.

이번에야말로 쳐 내겠다며 이를 갈고 있는 그를 보며 상진은 싱긋 웃었다.

올해 3할 타율과 30홈런을 넘기며 정규 시즌에서 맹활약을 벌이는 그였다.

그리고 상진은 격의 차이를 알려 줄 생각이었다.

"스트라이크!"

이상진의 투심 패스트볼이 맹렬한 속도로 하야토의 몸 쪽을 파고들었다.

약간 밖으로 빠져나가는 듯하다가 몸 쪽으로 급격히 파고드는 바람에 사카모토 하야토는 몸에 맞는 줄 알고 흠칫 놀랐다.

하지만 이상진의 제구력은 완벽했다.

희재에게 공을 받아 들며 상진은 히죽 웃었다.

'차라리 메이저리그에 있는 선수들이 훨씬 적극적이지. 일본 선수들은 생각이 너무 많아.'

생각해서 알아낼 수 없다면 머리를 비우라고 했다.

메이저리그 타자들은 이상진을 상대할 수 없음을 깨닫자마자 적극적으로 스트라이크존을 공략했었다.

덕분에 투구 수를 줄일 수 있었지만 종종 행운의 안타가 터져 나오는 것까지 어쩔 수는 없었다.

하지만 일본 선수들은 생각이 너무 많았다.

장고 끝에 악수가 나온다고 했던가.

그들은 생각을 너무 많이 한 탓에 오히려 이상진과의 수 싸움에서 밀렸다.

"파울!"

이번에도 투심 패스트볼이 몸 쪽을 파고들었다.

2019년 센트럴리그 MVP는 두 번 당하지 않겠다는 각오로 배트를 휘둘렀지만 3루 베이스 밖으로 나가는 파울이 됐다.

'이런 젠장!'

사카모토 하야토의 얼굴이 잔뜩 일그러졌다.

그는 칠 수 있는 공과 그렇지 않은 공을 구분하고 치는 유형이었다.

그래서 칠 수 없는 공에 배트를 내지 않았다.

'이걸 못 치다니!'

똑같은 구종에 똑같은 코스로 날아오는 공을 제대로 쳐 내지 못한다면 그건 타자로서 실격이다.

사카모토 하야토는 방금 전의 공은 칠 수 있을 거라 생각했었다.

그런데 쳐 내지 못하고 구위에 배트가 밀려났다.

'내 배트가 밀려날 줄은 몰랐는데! 말도 안 되는 구위야.'

이번에야말로 필살의 각오로 배트를 쥔 손에 힘을 주었다.

이상진에게 당하는 건 프리미어 12 대회와 더블 엘리미네이션 2차전으로 충분했다.

결승전에서는 반드시 쳐 내야 했다.

지금 경기는 0 대 0으로 균형이 맞춰져 있다.

두 팀 다 점수를 내지 못해서 팽팽해 보였지만 안타의 수는 일본이 6개, 한국이 9개였다.

일본 대표 팀 벤치에는 이대로 간다면 패할 거라는 위기감이 팽배했다.

그리고 이상진이 3구째를 던졌다.

'또 투심! 날 무시하는 거냐!'

바짝 긴장하던 사카모토 하야토는 또다시 투심이 날아오는 걸 확인하고 분노를 가득 담아 배트를 휘둘렀다.

하지만 분노하거나 흥분하거나, 혹은 어떤 구종이 올지 알고 있다고 해서 칠 수 있는 공이 아니었다.

"스트라이크! 타자 아웃!"

이번에는 공조차 건드리지 못했다.

투심에 어떤 회전을 준 건지는 몰라도 아까보다 훨씬 가라앉는 투심이었다.

자신 있게 당겨 쳐 보려 했지만 배트는 공 위쪽을 스쳐 지나갔을 뿐이었다.

"이런 젠장!"

일본 대표 팀 선수들은 두려움 반, 복수심 반으로 가득 찬 눈으로 이상진을 노려봤다.

상진은 다음 타석에 오르는 타자를 바라보며 어깨를 으쓱했다.

"이제 시작일 뿐이야, 자슥들아."

*　　　　*　　　　*

악몽이었다.

지난번에 이어서 이번에도 악몽 같은 경기가 찾아왔다.

이나바 아츠노리 감독은 얼굴을 감싸 쥐었다.

'이번 대회가 끝난다면 난 대표 팀 감독에서 물러나야겠지.'

한 번도 아니고 두 번도 아니고 이번이 세 번째였다.

이렇게 연속으로 치욕을 맛보는 것도 쉬운 게 아니었다.

게다가 일본 대표 팀 타자들은 심리적으로 지쳐 있었다.

그런데 마침내 등장한 이상진에게 난타당하고 있으니 이제는 재기할 여력이 없었다.

'자신이 있는 한 일본은 한국을 이길 생각을 버려야 한다고 했던가.'

그 말대로 이상진은 일본 야구 국가대표 팀에게 뼛속 깊은 곳까지 공포를 새겨 넣었다.

그건 두 번 다시 덤비지 못할 정도의 공포였다.

아까 절망적인 얼굴로 벤치에 돌아온 사카모토 하야토를 보며 그도 똑같은 기분이었다.

"스트라이크! 아우우우웃!"

미국인 심판의 경쾌한 아웃 콜이 지금은 지옥에서 들려오는 음성 같았다.

이나바 감독은 한숨을 쉬며 고개를 들었다.

지금 마운드에는 악마가 있다.

그것도 일본 야구 대표 팀을 노리고 미소를 짓는 사악한 악마였다.

―이상진 선수가 7회를 완벽하게 틀어막습니다!

―일본 대표 팀 선수 세 명이 모두 삼진으로 물러납니다!

―완벽한 제구! 완벽한 구종 선택으로 일본 대표 팀 타자들의 타이밍을 완전히 빼앗았습니다!

단지 선수 한 명이 등판했을 뿐인데 경기장의 분위기 자체가 달라졌다.

심지어 일본인 관중들마저 경기는 이미 끝났다고 생각하는 기색이 역력했다.

이상진이 올라왔으니 더 볼 것도 없다는 듯 나가는가 하면 이상진의 투구를 보려고 앞으로 비집고 나오는 사람들도 있었다.

"이상진! 이상진!"

3루 관중석에서는 이상진의 이름을 연호했다.

머리 위에서 자신을 부르는 관중의 함성에 상진은 씩 웃으며 벤치에서 나와 손을 흔들어 주었다.

그리고 환호성은 더욱 커졌다.

8회 초, 대한민국 대표 팀의 공격은 기다렸다는 듯 터지기 시작했다.

이상진의 등판으로 기세가 죽은 일본 대표 팀 투수들이 연달아 안타를 맞았고 심지어 수비에서 실책이 나오기까지 했다.

―안타! 안타입니다! 양희재 선수의 안타!

―또다시 안타가 나옵니다! 7번 강천호 선수의 2루타! 양희재 선수가 홈으로 들어옵니다!

안타가 연속으로 터져 나오며 바로 점수를 내기 시작한 대한민국 대표 팀은 기세가 올랐다.

반대로 팽팽했던 0의 균형이 깨지자 일본 대표 팀이 무너지는 속도는 더욱 가속화됐다.

"이쯤이면 되나?"

8회 말에 이상진의 투입 여부를 고민하던 김경달 감독은 안도의 한숨을 내쉬었다.

이쯤이면 굳이 8회 말 일본의 공격 때 이상진이 들어가지 않아도 승리는 확정적이었다.

"기세를 탔군요."

"네 역할도 이쯤이면 됐다. 나머지는 다른 애들에게 맡겨 보자."

하지만 이상진의 반응은 뜻밖이었다.

이미 기세를 탔다는 말에는 동의했어도 이상진은 교체하겠다는 말에 단호히 고개를 가로저었다.

"1이닝만 더 던지겠습니다."

"피곤하지 않겠냐?"

완봉승을 거두고 고작 이틀밖에 되지 않았다.

피곤할 만한 몸 상태였기에 김경달 감독도 조심스러울 수밖에 없었다.

하지만 이상진은 고집스럽게 고개를 저었다.

"확실하게 못을 박아야 합니다. 제가 지금 내려간다면 일본 대표 팀이 어떤 반응을 보일지 너무 뻔합니다."

"으음."

이상진의 말에 담긴 의미를 깨달은 김경달 감독은 신음을 내뱉었다.

짓눌러 놓을 수 있을 때 짓눌러 놓아야 한다.

지금 이상진이 교체된다면 과연 8회와 9회를 무사히 마칠 수 있을까?

김경달 감독은 100퍼센트 확신할 수 없었다.

"빈사 상태로 만들어 놓겠습니다. 숨통을 끊어 놓는 건 다른 동료들에게 맡기죠."

피곤함 따위는 손톱만큼도 느껴지지도 않았다.

그저 일본과의 승부에서 승리해야 한다는 열망이 불탈 뿐.

대한민국의 에이스는 다시 글러브를 붙잡고 일어났다.

*   *   *

―이상진 선수의 호투에 일본 대표 팀은 출루를 하지 못하고 있습니다!

―이틀 전 경기의 피로가 전혀 느껴지지 않는 모습입니다!

―보이십니까? 국민 여러분! 저곳에 대한민국의 수호신이 있습니다!

"스트라이크! 타자 아웃!"

또다시 삼진이었다.

8회 말에 타석에 선 일본 선수들은 이상진의 공에 헛스윙을 연발했다.

7회 때 사카모토 하야토처럼 파울을 치는 선수도 있었지만 그뿐이었다.

이상진이 등판한 이후 단 한 명도 1루 베이스를 밟지 못했다.

일본인 관중도, 한국인 관중도, 그 외 국가에서 관전하러 온 팬들도, 모두 그를 향해 환호하고 박수를 쳤다.

이상진은 관중들을 향해 손을 흔들어 주며 마운드에서 내려왔다.

―이상진 선수가 2이닝을 퍼펙트로 막아 내고 내려갑니다!
―9회에는 언더핸드 투수인 박정훈 선수가 투입됩니다!
―인천 드래곤즈의 박정훈이! 대표 팀의 마지막을 장식하러 나왔습니다!

다른 선수들은 벤치로 돌아오는 이상진을 박수를 치며 맞이했다.

감독석에 앉아 있던 김경달 감독도 만족스러운 미소를 지었다.

"수고했다."

"감사합니다."

2이닝 동안 무안타, 무볼넷으로 완벽하게 틀어막았다.

그러는 사이 한국은 3점을 내며 차이를 벌려 놓았다.

남은 건 마무리를 짓는 것뿐.

아무리 강철 체력에 고무 팔이라고 해도 이상진을 무리하게 운용할 필요는 없었다.

"9회는 박정훈을 투입한다. 이제 쉬어도 좋다."

이미 판은 만들어졌고 기세를 잡았다.

대표 팀의 전력을 생각한다면 마무리는 맡겨도 좋았다.

상진은 동료를, 자신의 뒤를 이어 등판한 박정훈을 믿고 있었다.

"스트라이크!"

이상진이 없어도 박정훈의 공 역시 위력적이었다.

일본 타자들은 아직 3점 차였기에 9회에 역전을 노렸다.

하지만 박정훈이 언더핸드로 던지는 공은 일본 타자들의 눈을 현혹시켜 그 기세를 꺾어 놓기 충분했다.

따악!

마지막 타자가 친 공이 허공에 떠올랐다.

9회에 교체되어 투입된 유격수 오지훈의 글러브가 그 공을 잡았다.

"아웃!"

그 순간이 대한민국 야구 국가대표 팀이 일본을 꺾고 우승하는 역사적인 순간이었다.

대한민국의 국가대표 선수들은 일제히 그라운드로 뛰어나왔다.

"우승이다!"

*   *   *

「대한민국 야구 대표 팀 금메달! 일본 꺾고 우승!」

「이상진 2이닝 퍼펙트 활약, 우승에 일조」

「단 한 번도 패배하지 않았다! 대한민국 무패 우승」

「대한민국은 이상진이 활약하지 않아도 우승했다!」

「이상진 등판, 2이닝이라도 이게 옳은가?」

대한민국 야구 대표 팀의 우승에 야구팬들은 환호했다.

2008년 베이징 올림픽의 재현이라며 그들은 기뻐했고 영웅들의 탄생에 열광했다.

특히 이상진의 활약에 국내 야구팬들은 입에 침이 마르도록 칭찬했다.

─역시 이상진! 일본 놈들 콧대를 꽉 눌렀네!

└나 못 잃어! 이상진 못 잃어!

└우리 상진이뿐이다! 너 없었으면 어쩔 뻔했냐!

하지만 팬들은 메이저리그 복귀 때문에 이상진을 만날 수 없었다.

이후 일정 때문에라도 국내를 거쳐서 미국으로 돌아간다면 이후 팀의 일정에 맞춰 피로를 회복하고 선발 로테이션에 복귀하는 게 어려울 수도 있었다.

아쉽기는 해도 팬들 모두 이해하고 있었다.

"이상진이 메이저리그에서 활약한다면 그거만 한 즐거움이 없을 겁니다."

한국으로 귀국하기 전 김경달 감독이 남긴 인터뷰는 팬들의 심정을 대변해 주기도 했다.

이상진은 메이저리거였고 동시에 전 세계 올림픽 야구 대표 팀 중 유일한 현역 메이저리거이기도 했다.

"그런데 이상진은 어디 갔지?"

"에이전트도 안 보이는 거 같은데."

이상진의 미국행 비행기는 다른 대표 팀 선수들이 한국으로 귀국하기 위해 탑승한 비행기보다 3시간 후에 이륙한다.

일본에서 한국으로 돌아가는 비행기가 이륙하자 기자들은 이어서 그를 찾았다.

그런데 어디에도 보이지 않았다.

"화장실에도 안 보이는데?"

"아까 저쪽에 있었는데 지금은 없어!"

아무리 찾아도 종적이 묘연했다.

기자들은 비행기 예약 현황도 몰래 체크했고 어느 게이트에서 탑승하는지도 알아뒀었다.

그 눈을 전부 피해서 비행기에 타는 건 불가능했다.

그래서 더욱 아리송한 일이었다.

"도대체 어디 간 거지?"

이상진이 발견된 건 전혀 뜻밖의 장소였다.

$*$ $*$ $*$

"어?"

"어어?"

"뭐야? 왜?"

공항에 있던 사람들은 패닉에 빠졌다.

이곳에 있으면 안 되는 사람이 웃으며 손을 흔드는 장면이 너무 어색해서였다.

모여 있던 사람들은 당황해서 뭐라 말도 못 하고 입만 벙긋거렸다.

집단 패닉에서 벗어난 건 누군가의 외침 때문이었다.

"이상진!"

"미스터리한 미스터 리!"

마치 마법과도 같은 한마디에 인천 공항에 모여 있던 야구팬들은 일제히 환호했다.

들고 있던 플래카드를 흔들고 깃발을 휘두르며 그들은 제자리에서 방방 뛰었다.

이상진.

그가 인천 공항에 나타났다.

"이상진 선수? 미국으로 가기로 하셨던 것 아니었습니까?"

"쉿, 그건 있다가 정식 인터뷰 때 말씀드리겠습니다."

미국에 가기로 했던 이상진이 한국에 나타났다.

이 놀라운 소식에 기자들은 일제히 플래시를 터뜨렸다.

그리고 바로 본사에 연락을 해서 야구 국가대표 팀의 귀국을 생중계로 돌리도록 요청까지 넣었다.

이게 전부 이상진의 귀국 때문이었다.

어마어마하게 많이 몰려든 팬들 덕분에 국가대표 선수들의 이동에 약간 지장이 생겼다.

이상진은 짐을 매니저인 영호에게 맡기고 팬들과 악수를 하거나 간간이 사인 요청에 응해 주기도 했다.

덕분에 정규 방송사들은 아슬아슬하게 카메라를 공수해 와 생중계를 할 준비를 마칠 수 있었다.

"아아, 안녕하십니까? 김경달입니다. 국민 여러분의 열화와 같은 성원과 관심, 응원에 힘입어 이렇게 올림픽 금메달을 딸 수 있었습니다. 언제나 응원해 주시는 야구팬 여러분께 진심으로 감사드립니다."

김경달 감독은 보편적이고 상투적인 말이었지만 정석적인 인터뷰를 마쳤다.

그도 지금 이곳의 주역이 자신이 아님을 알고 있었다.

말을 짧게 끝낸 그가 자리를 비키자 기자회견장 단상 중앙으로 올라온 건 이상진이었다.

순식간에 터져 나오는 플래시 세례 속에서 상진은 미소를 지었다.

"오랜만입니다. 원래는 대표 팀 주장을 맡고 있는 희재 형이 올라왔어야 했는데 저한테 양보를 해 주시더군요. 그리고 카메라를 조금 줄여 주실까요? 플래시가 너무 눈이 아프네요."

말이 끝나기가 무섭게 셔터음이 잦아들었다.

주위에 있던 다른 대표 팀 선수들은 말 한마디에 기자들을 쥐락펴락하는 상진의 위력을 보며 속으로 감탄했다.

보통 스포츠 기자들은 선수들에 대해 기사를 써 주겠다며 접근하기도 하고 종종 돈을 요구하기도 했다.

물론 어느 정도 명성을 얻은 선수라면 그런 것쯤은 물리칠 수 있지만 아직 이름값이 높지 않은 선수들은 울며 겨자 먹기로 주는 경우가 있었다.

새로 법이 통과되고 기자들이 금전을 요구할 수 없으니 요새는 밥 한 끼 같이 먹자는 식으로 접근해 왔다.

기자들이 스포츠 선수들의 위에 서려는 경향이 아직 남아 있었다.

그래서 이상진과 같은 메이저리거의 말 한마디에 기자들이 납작 엎드리는 모습이 무척이나 재미있었다.

"이렇게 대한민국 야구 국가대표 팀의 우승을 축하해 주러 공항까지 나와 주신 모든 분들께 감사드립니다."

"이상진 선수! 미국에 가시려던 것 아니셨습니까?"

한 기자가 이름도 밝히지 않고 손을 불쑥 들며 질문을 했다.

상진은 그를 무시하고 다른 사람들을 둘러보며 싱긋 웃었다.

"국민 여러분의 성원 덕분에 우승할 수 있었습니다. 그리고 미리 말씀드리지만 저 혼자만의 힘으로 우승한 것처럼 기사를 쓰시는 분들이 계실 텐데, 야구는 팀 스포츠이며 동료들이 없었다면 금메달은 불가능했을 겁니다."

"고려 신문의 이영찬입니다. 미국에 가시려던 일정은 어떻게 되셨습니까?"

도떼기 시장처럼 질문이 마구 터져 나왔다.

그래도 이번에는 예의 바른 질문이었고 상진은 이름을 밝히고 손을 든 그를 정확히 바라봤다.

"미국에 가는 일정은 하루 미뤘습니다. 저도 부모님을 뵙고 싶고 또 국민 여러분께 이런 자리에서 인사를 드리고 싶었습니다."

"휴식하는 데는 문제없으신가요?"

"문제없습니다. 혹시 걱정하시는 분들께 미리 말씀 드리죠."

자신만만하고 거침없는 태도.

전국에 생중계되고 있는 그의 당당한 모습은 국민들이 가장 보고 싶어 하는 모습이었다.

"이후 저의 성적으로 아무런 문제가 없음을 증명해 드리겠습니다."

*   *   *

"아이고, 인석아! 미국에 바로 가지 뭘 또 왔어?"

얼굴을 보자마자 어머니는 상진의 등을 찰싹 때리면서 타박을 했다.

타지에 가서 고생하고 있는 아들이 늘 안쓰러웠다.

그런데 굳이 한국을 한 번 거쳐서 더 피곤하진 않을까 걱정스럽기도 했다.

"그래도 엄마 얼굴은 보고 가야죠."

"그래그래. 엄마 걱정해 주는 건 너밖에 없다."

어머니를 한 번 안아 드린 후 상진은 어머니의 뒤에 서 있는 아버지를 바라봤다.

흐뭇하게 웃고 계시던 아버지는 눈이 마주치자마자 헛기침을 하며 표정을 가다듬었다.

"잘 지내셨어요?"

"잘 지냈지. 자주 연락하지 그랬냐. 엄마가 네 연락을 눈이 빠져라 기다리더라."

"이 양반이! 내가 언제 그랬다고 그래요."

어머니는 아버지를 흘겨보며 핀잔을 주고는 미소를 지었다.

승리하기 위해 치고받고 싸우며 치열하게 경쟁하는 승부의 세계에서 매일 있었다.

그러다가 이렇게 가족과 만나니 마음이 이렇게 편할 수 없었다.

"인마, 나는 보이지도 않냐?"

오랜만에 보는 진환은 씩 웃으면서 상진을 와락 끌어안았다.

등에 팔을 두르며 함께 사촌 형을 끌어안은 상진은 왠지 고소하고 향기로운 냄새에 콧구멍을 벌름거렸다.

"일하다가 왔어?"

"오냐. 이번에 서울에 있는 호텔 주방장으로 가게 됐다. 아직 메인은 아니더라도 괜찮은 호텔이니까 나중에 놀러 와."

"아직 추천은 못 해 주나 보네?"

"내가 나중에 너보다 더 유명한, 세계 수준의 셰프가 되어 주마. 이 썩을 놈아."

그러면서 진환은 영호와 마주 서서는 고개를 살짝 숙였다.

"오랜만이네요."

"설마하니 그때 뵈었던 분이 에이전트였고 매니저가 될 줄은 생각하지도 못했네요."

"어쩌다 보니 일이 이렇게 됐죠. 이런 게 다 운명일 테니까요."

영호는 이야기된 대로 짐을 진환에게 건네주었다.

이제부터는 상진과 그 가족들의 시간이다.

저승사자, 매니저, 그리고 에이전트.

그 어떤 명목으로도 끼어들 수 없는 개인적인 시간이었다.

"그러면 내일 아침 아홉 시 반 비행기. 기억해 둬라."

"오케이. 어머니, 아버지, 어서 가죠. 음식점 예약해 둔 시간 다 되겠어요. 내일 아침 비행기니까 얼른 맛있는 거 먹어요."

가족끼리의 단란한 시간이야말로 그 무엇과 비교할 수 없는 힐링이었다.

영호는 상진이 차를 타고 멀어져 가는 걸 바라보면서 쓴웃음을 지었다.

가족들이 세상을 떠난 지 이미 몇백 년이나 된 그로서는 이제 맛볼 수 없는 기분이었다.

　　　　*　　　　　*　　　　　*

　하루 동안 가족들과 즐거운 시간을 보낸 상진은 아침 비행
기에 올라탔다.

　다시 일본을 경유해서 로스앤젤레스로 갔다가 시카고까지
가는 16시간의 비행이었다.

　그러면서 비행기 안에서도 상진을 알아보는 팬들이 있었다.

　"설마 시카고 컵스의 미스터 리 선수인가요?"

　비행기 안에서 상진을 알아본 팬은 하필이면 스튜어디스였다.

　애초에 퍼스트 클래스 좌석이기도 했지만 비행기 안에서 기
내식이나 각종 서비스를 제공받을 수 있었다.

　그리고 우연찮게 기장 역시 시카고 출신이었고 시카고 컵스
의 광팬이었다.

　소식을 들은 기장은 중간에 부기장에게 조종을 맡기고 직접
찾아오기까지 했다.

　"어휴, 알아보는 사람이 많은 것도 피곤하네요."

　"그럼 이코노미석을 탈 걸 그랬나?"

　"그건 아니고요. 예전에 미국 갈 때 꽤 불편했던 거 기억 안
나요?"

　미국에 처음 진출하러 로스앤젤레스로 왔을 때 이코노미석
을 타고 왔었던 기억에 상진은 몸서리를 쳤다.

　좌석 간격은 좁고 불편했으며 화장실에 한 번 가려면 다른
사람을 방해하기까지 해야 했다.

그러느니 차라리 비즈니스석을 타는 게 나을 듯했다.

"그런데 좀 안 좋은 소식이 있어."

"구단 이야기죠? 대충은 알고 있어요."

"오올? 정보력이 좀 빠른데?"

"찾아보기도 했지만 이런 건 굳이 알아보려고 하지 않아도 전해 주는 사람이 있더라고요."

상진이 일본에 가 있는 동안 좋지 않은 소식이 들어왔다.

어떻게든 해 보고 싶었지만 올림픽에 차출되어 일본에 가 있던 상진이 어떻게 할 수 있는 게 아니었다.

그래서 구단의 분위기가 어떤지 궁금하기도 했다.

"오오! 리! 어서 오게."

시카고 오헤어 공항에 도착하자마자 테오 엡스타인 사장이 직접 그를 맞았다.

사장이 직접 와서 자신을 환영하는 모습에 상진은 쓴웃음을 짓고 말았다.

구단을 책임지는 사장이 이렇게 나왔다는 건 구단 상황이 어떤지 방증해 주는 것이었다.

그의 차를 얻어 타고 영호와 함께 구단에 도착하자 마침 홈 경기를 앞두고 훈련을 하던 선수들이 그를 맞이했다.

"이상진?"

"리가 왔다고?"

"훈련 중이잖나!"

조나단을 비롯한 선수들은 훈련을 하다가 부리나케 뛰어왔다.

훈련을 지켜보던 데이비드 로스 감독의 고함에도 그들은 아랑곳하지 않았다.

"왔구나!"

"이제 왔냐?"

"정말 기다렸다!"

상진의 주위를 둘러싼 그들은 손부터 내밀었다.

"선물은 로커 룸에 뒀으니까 알아서들 챙겨 가. 그런데 다들 표정이 별로네? 내가 왔는데도 반갑지 않은 거야?"

"반갑지 않을 리가 있겠어? 다만 분위기가 좀 그래서 그렇지."

이상진을 열렬히 맞이하는 시카고 컵스 선수들의 얼굴은 썩 밝지 않았다.

올림픽 경기를 치르는 와중에도 뉴스를 접한 상진은 어째서 그들의 얼굴이 어두운지 이미 이유를 알고 있었다.

시카고 컵스는 지금 6연패를 달리고 있었다.

가장 나쁜 소식은 따로 있었다.

"지구 선두 자리를 빼앗겼어."

내가 돌아왔다

"8월 들어서 연패라니."

게다가 세인트루이스 카디널스에게 한 경기 차로 역전을 허용했다.

혹시나 하는 불안감은 있었지만 이렇게 될 줄은 몰랐다.

"미안하지만 14일 경기에 바로 출전해 주면 좋겠네."

호이어 단장과 데이비드 로스 감독도 미안한 기색이었다.

그도 그럴 것이 이상진의 일정이 너무 타이트했다.

8월 8일에 올림픽 결승전이 끝났고 출국은 8월 9일이었다.

그리고 한국에서 하루를 보낸 상진이 8월 10일 출국하고 비행기 경유를 거쳐 시카고에 도착한 것은 11일 낮이었다.

14일에 출전이면 시차 적응 하고 하루나 이틀 정도밖에 쉴

수 없다.

게다가 선발로 출전하는 건 하루 전부터 준비를 해 둬야 했다.

틀어졌던 바이오리듬이 제대로 돌아올지 불투명했다.

'불펜 피칭을 하지 않는다고 해도 체력 회복이 제대로 될까?'

체력적인 면에서 자신 있는 상진도 스스로 자문해 볼 정도였다.

그만큼 일정은 빡빡했다.

"솔직히 말해서 실망스럽네요."

"우리도 할 말이 없네. 이건 전부 우리의 실책이지."

아무리 이상진이 빠졌다고 해도 시카고 컵스의 전력은 뛰어난 편이었다.

내셔널리그 중부 지구 2위였던 세인트루이스 카디널스와의 경기 차는 무려 5경기였다.

이걸 전부 따라잡혔다는 사실이 기가 막힐 지경이었다.

"대체 어쩌다가 이렇게 된 겁니까?"

"영문을 모를 일이었지. 6경기 연속으로 1~2점 차 승부였다네."

전력을 기울이고서도 아슬아슬한 점수 차이로 계속 패해 버렸다.

연패를 끊기 위해 투수진을 전부 투입시켜 보기도 했고 점수를 내지 못할 때는 타자들을 교체하며 어떻게든 수를 짜내 봤다.

하지만 이건 운이 없다는 말로밖에 설명이 되지 않았다.

"확실히 운이 없었네요."

연패가 길어지면 길어질수록 선수단에 파고드는 패배감은 점점 거대해져 간다.

이럴 때 연패를 끊어 줄 스토퍼가 있어야 하는데 확실한 필승 카드가 올림픽 출전으로 떠나 있어 그 역할을 해낼 투수가 없었다.

"이쯤 되면 선수들도 지쳤을 테고요."

"그 말대로네."

중간에 승리를 해서 연패를 끊었다면 모를까, 연패가 이어지고 있는 상황이니 선수들의 피로감도 극심할 터.

상황을 살펴본 상진은 사장과 단장, 감독까지 나와서 자신의 출전을 종용하는 이유를 알 수 있었다.

하루 정도는 더 휴식을 취하고 싶었던 상진은 그 제안을 거절하고 싶었다.

그때 14일에 어떤 팀과 경기를 시작하는지 일정을 확인한 상진은 눈을 부릅떴다.

"후우, 하필이면 이번에 저 팀하고 붙는 겁니까?"

"안 그래도 그쪽의 로테이션으로 자네가 원하는 선수가 등판하네."

"이러면 피할 수가 없잖습니까?"

연패를 끊는 것도 중요했고 승리하는 것도 중요했다.

하지만 8월 14일의 경기에 그 투수가 올라온다면 피해서는 안 됐다.

"좋습니다. 14일 경기에 등판하도록 하겠습니다."

이건 도망칠 수도 없고 도망쳐서도 안 됐다.

*　　　*　　　*

아메리칸 리그와 내셔널 리그는 전체 162경기 중에서 20경기를 인터리그로 치른다.

인터리그의 편성은 주로 인접한 지역에서 라이벌 관계를 형성 중인 팀끼리 매칭되는 게 많은데, 대표적으로 뉴욕 양키스와 메츠, 시카고 컵스와 화이트삭스였다.

그 외에도 격년제로 돌아가며 맞붙는 경우도 있었다.

8월 14일의 경기는 바로 시카고 컵스가 아메리칸 리그의 팀과 맞붙는 인터리그 경기였다.

"이쪽은 벌써부터 날씨가 쌀쌀하네요."

"슬슬 가을이 될 시기니까. 그리고 아메리카는 넓고 편평한 곳이라 바람도 쉬어 갈 수 없지. 오로지 달리기만 해야 하니까."

"형이 웬일로 센티한 말을 다 꺼내요?"

"시끄러."

영호는 자신을 놀리는 말에 퉁명스럽게 대꾸했다.

좀 북쪽으로 올라오긴 했어도 이렇게 기온 차이가 날 줄은 몰랐다.

전세기로 이동한 컵스의 선수들도 약간 쌀쌀한 기온에 놀라고 있었다.

호텔 앞에서 영호는 상진에게 짐을 넘겨주었다.

"이번에도 아메리칸 리그 팀하고 경기라서 편하겠다."

"타격은 시스템으로 도움을 받아도 어려우니까요. 공만 던지게 되면 마음 편하게 던질 수 있죠."

"솔직히 놀랐었다. 시스템으로 도움을 받는다고 해도 투수가 타석에도 서게 되면 체력적인 부담이 장난 아니니까."

내셔널리그를 선택했던 것을 잠깐 후회하기도 했다.

그래도 타석에 계속 서면서 체력 관리에 익숙해지니 괜찮았다.

"얼굴 보러 나오지 않나 보네?"

"지금 저는 시카고 컵스의 선수니까요. 경기가 끝난 후에 만나면 모를까, 지금은 저도 얼굴을 마주치고 싶지 않아요."

시카고 컵스의 선수니까.

그래서 엊그제 경기까지 7연패에 달하는 연패 행진을 끊을 의무가 있었다.

다행히 세인트루이스 카디널스도 패배해서 경기 차이는 한 경기로 유지되고 있었다.

지금이라도 승리를 거두어 연패를 끊고 한동안 팀을 떠나 있어서 조금은 옅어진 존재감을 확실하게 보여 줘야 했다.

"오늘따라 얼굴이 좀 무섭다."

"그래 보여요?"

"조금은 긴장한 것 같기도 하고 조금은 기대하는 듯하기도 하고. 아무튼 그렇게 들떠 있는 네 모습은 작년 한국시리즈 때 이후로 처음인 것 같네."

미국 진출을 시도할 때도 보지 못했던 얼굴이었다.

영호는 상진의 얼굴을 뜯어보며 무척이나 신기한 기분이었다.

평소에는 승부를 즐기기보다 승리를 추구하는 게 이상진이었다.

그래서 때로는 차갑게 느껴지기조차 했다.

그런데 오늘은 승부에 집착하는 얼굴이었다.

"그렇게 들떠 보여요?"

"그래. 하기야 너한테는 그만큼 의미 있는 선수이긴 하지."

상진은 그저 호전적인 미소를 지었다.

*   *   *

로저스 센터는 1989년에 개장한 세계 최초의 완전 자동 개폐식 돔구장이다.

당시 지붕이 열리는 개폐식 돔구장, 그것도 완전 자동으로 이루어지는 혁신적인 돔구장의 등장에 팬들은 무척이나 놀랐었다.

처음 개장했을 때는 스카이 돔이라는 이름으로 열린 구장의 힘인지 92년과 93년에 연속으로 월드 시리즈에서 우승을 차지하는 쾌거를 이뤘다.

49,282석이나 되는 수용 인원을 자랑하기도 했고 사상 최초로 400만 관중을 돌파하기도 했었다.

새롭게 토론토의 랜드마크로 자리 잡은 로저스 센터.

그곳은 바로 토론토 블루제이스의 홈구장이었다.

"저쪽에 있는데 인사 안 해?"

"안 해. 인사는 경기 끝나고 해도 되겠지."

한국인 선수끼리의 만남이었다.

하지만 경기가 시작되기 전부터 인사도 하지 않을 정도로 서로 팽팽하게 긴장하고 있었다.

충청 호크스라는 팀 소속이었고 함께 뛰었던 기간도 있었다.

누군가는 선배였고 태양이었으며 누군가는 후배였고 그 뒤를 쫓는 별이었다.

"그런데 좀 불편하네. 인조 잔디가 이런 느낌이었나?"

"다른 구장에서는 섞어 놓기도 했지만 여기는 완전히 인조 잔디로 꾸며져 있으니까."

어제 이곳에 도착한 선수들은 오늘도 생각보다 서늘한 기온에 몸을 움츠렸었다.

그만큼 토론토는 냉대 기후에 속하고 날씨가 쌀쌀한 편이었다.

그러다 보니 잔디를 관리하기 무척 힘들어서 천연 잔디를 깔 계획을 세웠지만 지지부진했다.

조나단은 몸을 움츠리면서 투덜거렸다.

"어우, 몸이 안 식게 조심해야겠는걸? 그러고 보니 로저스 센터가 타자 친화적인 구장이었지? 너도 조심해야겠네."

"풋, 뭘 조심해. 딱히 조심할 필요는 없어."

올해 아직 지옥의 쿠어스 필드는 겪어 보지 않았어도 이곳저곳 원정을 다니며 다양한 구장들을 겪어 봤다.

그 안에는 타자에게 친화적인 구장도, 투수에게 친화적인 구장도 있었다.

위도와 고도, 해안과 내륙이라는 차이에서 생겨나는 변화에 이미 익숙해진 지 오래.

상진에게 캐나다에 있는 로저스 센터라는 구장도 별다를 것 없었다.

"그런데 유형진 공략 방법은 그게 맞는 거야?"

상진은 고개를 끄덕였다.

유형진에게 있어서 약점이라고 할 만한 것.

그건 바로 느린 구속이었다.

"유형진의 공은 무척이나 더러워. 특히 마지막에 꺾이는 변화가 장난 아니지. 패스트볼의 경우는 횡 방향으로 꺾이는 게 심해서 마치 몸으로 들어오다가 살짝 빠지는 것처럼 보일 거야. 그걸 조심해."

"네가 보여 줬던 것처럼 말이지?"

어제 한 가지 색다른 연습을 했었다.

상진은 타격 연습을 하려던 타자들을 하나씩 불러서 타석에 서도록 했다.

그리고 패스트볼 몇 가지를 던지며 눈에 익히도록 했다.

그건 전부 유형진의 투구 패턴과 구종을 재현한 것이었다.

"구속이나 세부적인 코스는 차이가 있을 수 있어도 크게 다르진 않을 거야. 그걸 커트해 내기만 하면 돼."

"말하자면 투구 수를 늘리면 된다는 거네. 그건 너한테도 적용되는 공략법 아니야?"

"내가 누구라고 생각해?"

이상진의 입가에 미소가 떠올랐다.

과거 팀 선배였던 유형진.

이미 그를 뛰어넘었다는 확신을 갖고 있었다.

그래도 길고 짧은 것은 대봐야 아는 법.

오늘은 그걸 증명하는 자리로 만들 셈이었다.

*   *   *

「유형진 vs 이상진, 메이저리그에서 뛰는 한국인 투수들이 맞붙는다!」

「세기의 매치, 힘의 이상진과 기교의 유형진」

「국내 해설가들, 유형진 쪽에 약간의 가산점.」

「메이저리거 사관학교 충청 호크스, 자팀에서 배출한 투수들의 대결에 흐뭇」

경기가 시작되기 전, 둘은 잠시 마주쳤다.

기자들은 물론 방송국 관계자들마저 둘이 과연 어떤 제스처를 취할지 관심을 기울였다.

하지만 생각보다 간단했다.

둘은 그저 간단하게 목만 까닥여 인사를 하고 헤어졌다.

말은 필요 없다.

오늘은 서로 적으로 만났고 이야기는 야구로 하면 그만이다.

"스트라이크!"

1회 초 1번 타자로 나선 제이슨 헤드워드는 초구를 향해 배트를 휘둘렀다가 움찔 놀랐다.

스트라이크존 중앙으로 온다고 생각해서 스윙을 했는데 공은 그걸 알기라도 했다는 듯 바깥쪽으로 휘어져 빠져나갔다.

'이상진이 보여 줬던 그대로다!'

제이슨은 놀라움을 금치 못했다.

이상진이 시뮬레이션이라고 보여 줬던 패스트볼과 똑같은 궤적을 그리며 날아갔다.

그걸 알면서도 속은 자신이 한심스러웠기에 배트를 더욱 단단히 쥐며 벤치의 사인을 받고 다음 공을 노렸다.

"파울!"

알긴 알았다.

하지만 알아도 쉬운 상대는 아니었다.

몇 번이나 커트해 내고 끈질기게 노려봤지만 1회 초에 안타는 없었다.

씁쓸한 표정으로 벤치로 돌아오는 타자의 어깨를 두드려 준 이상진은 글러브를 챙겨 마운드로 향했다.

'이렇게 대결하게 될 줄은 몰랐네요, 형진이 형.'

아마 시스템을 얻지 못했다면, 얻었다고 해도 성장하지 못했으면 이 자리는 없었을지 몰랐다.

이미 메이저리그에 진출해 버려 맞대결을 할 기회조차 없으리라 생각했었다.

아니, 그림자조차 따라잡지 못하리라 생각했었다.

하지만 오늘 드디어 서로 맞상대를 할 수 있게 됐다.

'몸 상태는 아직 별로지만.'

체력적으로, 정신적으로 아직 회복이 덜 된 상태.

하지만 상진은 최고의 컨디션이었고 최고의 무대에 오른 걸 즐기고 있었다.

상진은 드디어 따라잡은 한국 최고의 투수에게 최고의 예우를 하기 위해 공을 쥔 손에 힘을 더했다.

그의 손에서 날아가는 포심 패스트볼이 기록한 구속은 100마일이었다.

"스트라이크!"

손에 공이 채이는 감각마저 남달랐다.

오늘만큼은 최고의 공을 던질 수 있을 것 같았다.

"스트라이크!"

두 번째 공은 날카롭게 우타자 몸 쪽으로 휘어 들어가는 투심 패스트볼이었다.

꺾이는 각도가 예리하다 못해 마치 몸을 때릴 듯 파고들어와 타자가 움찔 놀랄 수밖에 없는 공이었다.

"스트라이크! 아웃!"

마지막 공은 사이드암이었다.

사이드암으로 던진 슬라이더는 포심 패스트볼과 유사하게 날아가다가 홈 플레이트 바로 앞에서 휙 꺾이며 타자의 스윙을 피해 냈다.

완벽한 삼진.

이것이 1회 초 시카고 컵스의 타선을 무자비하게 짓밟은 유형진에게 돌려주는 이상진의 선물이었다.

유형진은 첫 삼진을 잡고 토론토 벤치 쪽을 바라보는 이상진을 보며 피식 웃었다.

"자식, 어디 해보자는 거지?"

―치열한 투수전이 이어집니다!

―두 투수의 스타일 차이가 확연히 드러나는 투수전입니다!

이상진은 구위와 구속을 조절하며 토론토 블루제이스 타자들을 찍어 눌렀다.

반대로 유형진은 화려한 변화구 위주의 피칭으로 시카고 컵스의 타자들을 농락했다.

서로 스타일은 달라도 하나 똑같은 점은 있었다.

그건 바로 스트라이크존을 제대로 공략할 수 있는 제구력이었다.

"이게 완벽한 경기이긴 한데."

"점수가 안 나니 미칠 노릇이군."

컵스의 데이비드 로스 감독과 블루제이스의 찰리 몬토요 감독은 서로 쓴웃음을 지었다.

타자들이 손도 발도 못 쓰고 물러나는 투수전이었지만 이만큼 기가 막히는 경기도 없었다.

"스트라이크! 타자 아웃!"

3회 초에 마운드에 올라온 유형진은 투심과 체인지업을 섞어서 컵스의 타선을 완벽하게 봉쇄했다.

그리고 3회 말에 등판한 이상진도 질 수 없다는 듯 투심과 포심, 커터로 상대 타선을 공략했다.

토론토 블루제이스의 선수들 역시 이상진의 공에 맥을 못 추고 아웃을 헌납해야 했다.

순식간에 세 개의 아웃카운트가 잡히고 3회 말 토론토의 공격도 금방 끝나 버렸다.

양 팀의 선발투수가 내준 안타는 0개.

그리고 볼넷도 없었다.

타순이 한 번 돌 동안 두 팀의 타자들은 아무것도 하지 못했다.

"미치겠네. 설명을 들었고 눈으로 직접 봤는데도 못 치는 공은 처음이네."

"오늘 긁히는 날인가 본데?"

타자들은 수군거리면서도 이상진을 흘끗 바라봤다.

상진도 오늘 단 하나의 안타도, 볼넷도 내주지 않았다.

아무리 3회밖에 되지 않았다곤 하지만 양 팀 선수가 나란히 퍼펙트를 기록하고 있는 경기는 메이저리그에서도 거의 찾아보기 힘들었다.

"헤이, 리. 오늘 큰하냐?"

"그럭저럭 잘 던져지는 것 같아."

"그럭저럭은 무슨. 패스트볼 최고 구속은 경신했잖냐?"

상진은 피식 웃고는 손에 쥐고 있는 야구공을 물끄러미 바라봤다.

오늘 경신한 최고 구속은 101.3마일.

이상진은 자신의 구속을 시속 163킬로미터로 끌어올리는 데 성공했다.

하지만 그럼에도 기쁘다는 내색은 전혀 하지 않았다.

그는 오로지 승부에만 집중하고 있었다.

"오랜만에 재미있네."

"너는 타자들은 안중에도 없냐?"

"안중에 없을 리가 없지. 당연히 신경은 쓰고 있어. 하지만 그거랑 별개로 과거 팀 선배이자 나보다 앞서 나갔던 사람과 맞붙어 보고 있다는 게 재미있어."

사실 토론토의 타선은 신경 쓰기 힘들 정도로 처참했다.

작년 기록에서도 타율이나 홈런 부문에서 20위 안에 든 타자는 아무도 없었다.

스프링 트레이닝에서 3할 8푼의 고타율을 자랑했던 조 패닉도 시즌이 지나면서 점점 타율이 떨어졌다.

작년에 뉴욕 메츠에서 기록한 0.235보다는 나았지만 그래도 2할 7푼 정도밖에 되지 않았다.

그나마도 나은 성적이었던 게 대니 잰슨, 테오르카 에르난데스, 랜달 그리척, 로우디 텔레즈 모두 타율이 2할 5푼 근처밖에 되지 않았다.

빈약하다 못해 처참할 정도의 타율이었고 타점도 그나마 많이 기록한 게 랜단 그리척의 71타점이었다.

그동안 뉴욕 양키스나 LA 다저스와 같은 엄청난 타선을 상대해 본 상진에게 토론토 블루제이스는 너무 손쉬운 상대였다.

"그래도 이렇게 계속 점수를 내지 못하면 어렵겠는데."

"투구 수는 알고 있잖아?"

"그거야 그렇지."

메이저리그에 진출한 유형진의 약점은 우선 두 가지가 있다.

하나는 완투를 하기엔 체력이 부족하단 문제였고 두 번째는 바로 구속이었다.

서로 3회까지 투구 수를 보면 유형진이 44개, 이상진이 32개였다.

무려 12개나 차이가 났고 이닝을 거듭하다 보면 계속 벌어지게 된다.

"왜 이런 팀에 왔을까? 유형진 정도라면 LA 다저스에 남아 있었어도 대우를 받았을 텐데."

"그거야 모르지. 하지만 LA 다저스에 있었으니 성적에 대한 압박이 얼마나 심했을지 짐작은 가."

물론 유형진 본인이 입 밖으로 낸 말은 아니었다.

하지만 메이저리그에 와서 기라성 같은 선수들과 경쟁하며 상진도 알게 모르게 느끼는 바가 있었다.

무척이나 부담스러웠다.

저 선수라면 이 정도는 해 줄 것이다.

혹은 이 팀에 있으려면 어느 정도의 성적은 거둬야 한다.

이런 기대감은 경기를 치르고 시즌이 지나면서 점점 선수의 어깨를 무겁게 짓누른다.

LA 다저스라는 팀은 어떻게 보면 하나의 스트레스로 다가왔을지도 몰랐다.

"그리고 공은 잘 걸러 내던데?"

특히 조나단이 유형진과 7구까지 승부를 내줄 거라고는 생각도 못했다.

그만큼 생각 이상으로 타자들이 유형진의 힘을 빼고 있었다.

"이 정도는 기본이지."

"늘 기본만 해 주면 주전도 차지할 수 있을 텐데."

"인마! 이 정도 해 주면 고맙게 여길 줄 알아야지."

평소 기대했던 것보다 잘 버티고 있던 조나단은 울컥한 표정으로 항의를 해 보고는 상진의 옆에 털썩 앉았다.

"적어도 유형진이 내려가기 전까지는 점수를 내기 힘들 거야."

"그건 나도 동감이야. 서로 긁히는 날이라 어떻게 될지 모르 겠네."

"그래도 네가 어제 보여 줬던 공에 어느 정도 눈에 익어서 커트라도 할 수 있어서 다행이지."

솔직히 감탄스러웠다.

시카고 컵스의 선수들은 어제 보여 주었던 이상진의 공과 오 늘 보는 유형진의 공이 크게 다르지 않단 사실에 놀라고 있었다.

그래서 유형진이 긁히는 날임에도 파울로 커트하며 끈질기 게 물고 늘어지게라도 할 수 있었다.

"투구 수 제한은 100구 정도야. 그걸 넘어가면 구위가 확 줄 어들지. 그러면 교체하거나 맞는 것 외엔 없어."

"그때까지 버티라는 거네."

"토론토가 이번 시즌에 투수진을 보강했다고 해도 올해 성 적은 썩 좋지 않아."

그래서 안타까웠다.

유형진이라는 선수가 토론토에서 고군분투하고 있단 사실이, 재능이 제대로 빛을 보지 못하고 있단 사실이 무척이나 아쉬웠 다.

'그래도 형진이 형이 선택한 길이니까. 내가 왈가왈부할 일은 아니겠지.'

토론토가 어떤 비전을 내세워 유형진을 영입했는지 궁금하 기도 했다.

하지만 그건 지금 생각할 문제가 아니었다.

지금은 그저 승부를 내는 것만 생각해야 했다.

'그럼 조금 더 즐겨 보죠, 형진이 형.'

*   *   *

─안타! 안타입니다! 앤서니 리조가 1루를 밟습니다!

─유형진 선수가 드디어 안타를 맞는군요. 5회 선두 타자인 4번 타자 앤서니 리조가 양 팀 합산 첫 출루를 해냅니다!

토론토의 서늘한 날씨에도 유형진은 땀을 흘리고 있었다.

투구 수는 벌써 70개를 넘겼다.

구위가 떨어지기 시작했고 공 끝도 조금씩 밋밋해져 가고 있었다.

형진은 숨을 고르며 글러브 안의 공을 만지작거렸다.

'언제 이렇게 성장한 거지?'

2009년 드래프트를 통해 처음 충청 호크스에 입단했을 때만 해도 어린 티가 풀풀 나던 애송이였다.

그런데 어느새 자신과 어깨를 나란히, 아니, 그 이상으로 성장해서 자신과 선발투수로 맞대결을 하고 있었다.

'정말 대단한 녀석이야. 그때는 던질 줄 아는 공이 속구와 슬라이더 정도였는데.'

문득 송신우를 비롯한 팀 선배들과 함께 상진에게 체인지업 그립을 가르쳐 주던 때가 떠올랐다.

참 오래된 추억이었다.

충청 호크스라는 팀에서 서로 동고동락하며 지냈던 시간은 즐거웠고 또 재미있었다.

'어느새 이런 투수가 되어 있을 줄이야.'

0점대 평균 자책점을 기록하며 메이저리그를 폭격할 때만 해도 무척이나 자랑스러운 후배라고 생각했다.

그런데 이렇게 서로 맞상대를 하게 되니 웬만한 경기 이상의 압박감이 느껴졌다.

'팀의 수준부터 차이가 있다.'

LA 다저스와 토론토 블루제이스의 수준을 비교하기란 어려웠다.

사용할 수 있는 금액부터 차이가 있었고 선수들의 실력도 차이가 있었다.

그래도 자신을 가장 우선시하고 가장 원했던 팀이었다.

이제 와서 후회하지는 않았다.

'나도 최선을 다해서 상대해 주마.'

몇 개의 안타를 맞든, 몇 점을 내주든 후회 없는 경기를 하는 것.

그것이 선배로서 후배에게 줄 수 있는 최고의 선물이었다.

*   *   *

이상진 대 유형진.

한국인 메이저리거 사이의 선발 맞대결은 한국에서도 지켜보고 있었다.

현지 시간으로 오후 6시 7분, 한국 시간으로는 오전 5시 7분.

무척이나 이른 시간부터 시작된 둘의 맞대결을 보기 위해 새벽잠에서 억지로 일어난 사람들이 하나둘씩 텔레비전 앞에 앉았다.

메이저리그에서 8년이나 버틴 베테랑 투수인 유형진과 올해 갓 진출해서 리그를 초토화하고 있는 신성 이상진.

둘 사이의 팽팽한 균형이 무너지는 순간 사람들은 탄식했다.

"아아!"

"아깝다!"

1아웃 1, 2루 상황에서도 유형진은 침착하게 아웃 카운트를 잡아냈다.

병살타로 이닝이 끝나고 지친 표정을 지은 유형진이 마운드에서 내려가자 이상진이 교대하듯 올라왔다.

─6회 말에 이상진이 등판합니다!

─유형진 선수의 투구 수가 94개나 되는군요. 시카고 컵스 선수들이 끈질기게 물고 늘어져서 투구 수를 늘려 놨습니다.

─평균 투구 수와 이닝을 생각한다면 7회에 등판하는 건 어렵지 않나 싶습니다.

'형진이 형.'

신경 써야 하는 건 토론토의 타자들임에도 상진은 벤치로 돌아가는 유형진의 등을 바라보며 씁쓸한 표정을 지었다.

아무리 뛰어넘으려고 했다고 해도 목표를 달성했다는 성취감만큼 친했던 선배의 쓸쓸해 보이는 뒷모습이 마음 아팠다.

그래도 고개를 가로저으며 머릿속에서 지웠다.

동정은 유형진, 그리고 자신에 대한 모욕이었다.

승부의 세계에서는 그저 서로의 실력을 견주고 승패를 가르면 된다.

그저 승부를 보고 서로 납득할 수 있는 결과라면 유형진도 군말 없이 승복할 터.

괜히 동정할 필요는 없었다.

팀의 수준 차이도 마찬가지였다.

'그리고 팀을 선택하고 동료를 얻는 것도 실력 중 하나니까.'

그리고 시카고 컵스의 타자들은 7회부터 맹타를 휘두르기 시작했다.

*   *   *

─유형진 선수가 교체되고 난 후 토론토의 불펜진이 난타당합니다!

─토론토 블루제이스의 불펜진은 컵스에게 7회에 2점, 8회에 3점을 헌납하며 완전히 승패가 기울었습니다!

─9회 말에 이상진 선수가 다시 등판합니다!

―아직 투구 수도 91개라 여유가 있습니다! 오늘도 완봉승을 할 듯싶습니다!

"스트라이크! 타자 아웃!"

벤치에 앉아 있던 유형진은 이상진의 투구를 보며 다시 한번 감탄했다.

흠잡을 데 없는 제구력과 위력적인 패스트볼, 그리고 간간이 던지는 예리한 변화구는 같은 투수가 봐도 완벽했다.

'이제 나도 나이를 먹긴 했지.'

만 서른셋이 되면서 아주 미세하게 경기 감각이 떨어지고 있다는 사실을 느껴 본 적이 있었다.

자신이 가진 변화구로 몇 년 정도는 경쟁할 수 있겠지만 그리 오래 버티지는 못할 듯싶었다.

"스트라이크! 타자 아웃!"

토론토 타선을 안타 두 개로 막아 내는 후배의 모습을 보며 그는 만족스럽게 웃었다.

이 정도라면 자신보다 훨씬 메이저리그에 한국 선수, 한국 리그의 위상을 새겨 놓을 수 있는 실력이었다.

보다 오래 던질 수 있다면 명예의 전당에 오를지도 몰랐다.

"아웃!"

마지막 아웃카운트가 잡히고 경기가 끝났다.

컵스의 선수들이 환호하는 것에 아랑곳하지 않고 상진은 토론토 벤치 쪽을 돌아봤다.

그곳에서 거구의 남자가 일어나 자신에게 걸어오고 있었다.

충청 호크스의 팀 선배이자 메이저리그에 먼저 진출하여 한국인의 위상을 드높였던 선수 유형진.

상진도 그에게 마주 걸어갔다.

서로 한 걸음 한 걸음 다가갔다.

거리가 좁혀지고 이제 서로 닿을 만큼 가까워졌다.

둘은 그저 말없이 팔로 상대를 끌어안았다.

악수보다도 더욱 진한 몸짓.

그것은 메이저리그에서 선수 생활의 절반을 보낸 선배가 이제 메이저리그에서 하나의 기록을 세워 가는 후배에게 보내는 최고의 찬사였다.

「시카고 컵스, 7연패 끊고 드디어 승리」

「연패를 끊은 건 컵스의 수호진, 이상진」

「이상진 대 유형진, 승자는 메이저리그의 신성」

「선후배 사이의 훈훈한 대결, 포옹으로 마무리 짓다」

「토론토 블루제이스의 빈약한 전력, 과연 공정한 승부였는가?」

"푸하하! 내가 완전히 졌다, 졌어."

유형진은 깨끗하게 승복했다.

승패가 갈렸을 때만 해도 조금은 아쉬웠다.

그래도 나이를 먹으면 승패에 초연해지는 법.

토론토 블루제이스가 그리 강팀도 아니었기에 아직 9승에

머무르고 있던 유형진은 후배의 승리를 축하해 주었다.

*　　　*　　　*

아직 시즌이 한창이기도 했고 유형진이나 이상진, 둘 다 술을 그다지 즐기는 편은 아니었다.

그래서 영호가 마련해 둔 호텔에서 간단하게 음료수를 마시고 있었다.

"그런데 언제 그렇게 실력이 늘어난 거냐? 작년부터 갑자기 늘어났던데."

"그냥 잘 먹고 잘 자면서 훈련을 열심히 했죠."

오랜만에 이런 질문을 받으니 기분이 묘했다.

시스템에 대한 걸 말할 수는 없으니 대충 얼버무린 상진은 문득 토니 스미스가 떠올랐다.

누군가에게 말할 수 없는 것을 말할 수 있는 동지.

그는 분명히 자신을 그리 생각했을 것이다.

"안 그래도 한현덕 감독님하고 통화도 했어요."

"우리 둘이 맞붙는다고? 하핫, 그러고 보니 이번 시즌 시작하기 전에는 나한테 언제 호크스로 복귀하냐고 물으시더라."

"형이 복귀할 때쯤 저도 복귀할까요?"

"인마, 너는 메이저에서 은퇴해야지."

이렇게 얘기하면서도 유형진은 후배가 무척이나 대견했고 대단해 보였다.

100마일을 넘나드는 구속과 타자의 배트가 밀려나는 엄청난 구위.

그리고 그걸 뒷받침해 주는 날카로운 제구력과 예리하게 꺾이는 변화구까지.

투수로서 갖출 수 있는 모든 것을 몸에 담고 있는 후배가 새삼 대단하게 느껴졌다.

"그래서 나 이기니까 좋냐?"

"좋다 못해 죽을 것 같네요."

"자슥이. 하다못해 뭔가 씁쓸하다고 얘기하든가."

오렌지 주스를 가볍게 목 뒤로 넘긴 유형진은 입가를 닦고 말을 이었다.

"나는 이미 글렀지만 너는 올해 우승을 노릴 생각이냐?"

"당연하죠. 적어도 와일드카드는 노릴 수 있다고요. 그리고 제가 있잖아요? 지구 우승 탈환도 꿈은 아니죠."

베이징 올림픽과 월드 베이스볼 클래식.

그리고 충청 호크스에서 고고하게 혼자 버텨 내며 메이저리그에 진출한 선수.

야구 선수로서 가장 꿈꿨던 우상이 그렉 매덕스라면 가장 현실적인 목표였던 선수는 바로 유형진이었다.

"하여튼 그 자신감은 어디에서 나온 건지."

"전부 형한테 배운 거죠."

"말이나 못하면 밉지나 않지. 못 보던 새 이렇게 얄밉게 변했냐."

농담을 던지면서도 유형진의 얼굴은 약간 씁쓸했다.

토론토는 비전은 있었으나 시간이 없었다.

그리고 시간이 지나면 그도 나이를 먹고 기량이 쇠퇴한다.

LA 다저스에 있던 시절에는 우승권이 목전이었으나 결국 월드 시리즈 우승은 한 번도 차지하지 못했다.

하지만 상진은 다를 터.

"작년 호크스를 우승시킨 너라고 해도 포스트시즌과 월드 시리즈는 달라. 알고 있겠지?"

아무리 강팀이라고 해도 행운이 뒤따르지 않는다면 우승할 수 없다.

작년 충청 호크스의 우승도 이와 비슷했다.

변수를 통제할 수 있는 자신이 있었어도 운이 뒤따르지 않았다면 우승은커녕 와일드카드전에서 패하여 일찌감치 손가락을 빨고 있어야 했을지도 몰랐다.

"그래도 컵스는 우승 전력이에요."

"냉정하게 본 거냐?"

상진은 고개를 끄덕였다.

부분 부분 뒤떨어지는 전력은 분명 있었다.

하위 타선이나 혹은 불펜진과 같은 곳에서는 부상 때문에 전력 누수도 있었다.

그래도 우승할 수 있다는 믿음에는 변함이 없었다.

"네가 그렇게 봤다면 그럴 테지."

이제 숙소로 돌아갈 시간이었다.

자리를 털고 일어난 유형진은 이상진보다 앞서서 호텔을 나섰다.

호텔 정문 밖으로 나와 종업원이 미리 빼서 대기시켜 놓은 차에 오른 유형진은 상진을 불렀다.

"상진아."

"왜요?"

유형진의 입꼬리가 슬쩍 올라갔다.

"다음에는 내가 이긴다."

*　　　　*　　　　*

토론토 블루제이스와의 경기는 3전 전승으로 끝났다.

그리고 시카고 컵스는 카디널스를 제치고 1경기 차로 다시 지구 선두로 나서게 됐다.

"이상진이 연패를 끊어 준 것이 큰 도움이 됐습니다. 선수들은 패배감에서 벗어나 다시 우승을 향해 달려 갈 채비를 마쳤습니다."

데이비드 로스 감독이 언론에다가 이렇게 말할 정도였다.

그만큼 중요한 건 이상진이 복귀했다는 사실이었다.

그는 입단한 게 올해이기는 했어도 이미 팀을 지탱해 주던 에이스로 선수단의 신뢰를 얻고 있었다.

메이저리그 진출 이후 단 1패도 없는 무적의 투수.

그게 바로 이상진이었다.

새삼스레 그가 올림픽 때문에 자리를 비운 이후에서야 그 자리가 얼마나 컸는지 알 수 있었다.

"미스터 리요? 더 할 말이 있겠습니까? 그는 최고입니다. 지금 메이저리그에서 그와 견줄 수 있는 투수는 제이콥 디그롬, 유형진, 저스틴 벌랜더, 게릿 콜, 맥스 슈어저, 그리고 스티븐 스트라스버그 정도뿐입니다."

조나단 루크로이의 단호한 인터뷰도 감독의 인터뷰와 함께 시카고 지역 언론지에 실렸다.

메이저리그 최고의 투수들과 어깨를 나란히 할 수 있다는 것만으로 충분했다.

하지만 이미 팬들은 시즌이 끝나감에 따라 윤곽이 드러나는 올해의 성적을 가지고 투수들을 평가하고 있었다.

―역시 최고는 미스터 리, 이상진이야.

―0점대 방어율에 벌써 탈삼진 수가 322개라고. 역대 19번째로 한 시즌 300 탈삼진을 기록한 투수가 됐는데 빌어먹을 올림픽 때문에 다들 관심도 안 가져 주냐!

―승수도 19승이니 곧 20승을 채울 테고 이닝도 200이닝을 넘긴 지 오래임.

―세이버 매트릭션은 다를 거 같아? Whip이 0.5도 안 되는 투수가 존재하는 걸 내가 살아생전에 볼 줄은 몰랐다고!

―피홈런이 없잖아? 장타를 거의 허용하지 않은 것부터 이미 믿을 수 있는 투수라는 증거라니까!

다른 부문의 성적은 그렇다 쳐도 이닝 소화와 탈삼진 숫자는 혀를 내두를 정도였다.

이제 다음 경기에 작년에 게릿 콜이 세운 326개의 탈삼진을 경신할 예정이었다.

무엇보다 메이저리그의 탈삼진 순위를 차례차례 바꿔 나가고 있었다.

"일정상 네가 출전할 경기는 7~8게임 정도네."

"대충 그렇겠죠. 다행히 우천으로 취소된 경기는 많이 없으니 더블헤더는 하루나 이틀 정도만 치르면 되겠고요."

이상진은 오랜만에 감독실에 들어왔다.

데이비드 로스 감독은 앉아서 차를 마시는 이상진을 찬찬히 뜯어보다가 자신도 모르게 미소를 지었다.

변한 게 없었다.

메이저리그에서 이토록 압도적인 성적을 찍고 있다면 누구라도 거만해질 만했다.

그런데 이상진에게 그럴 기미는 눈곱만큼도 보이지 않았다.

오히려 처음 봤을 때와 달라지지 않은 태도였다.

"그런데 무슨 용건으로 부르셨습니까?"

"아아, 사실 용건이 있는 건 내가 아니긴 한데."

데이비드 로스는 잠시 망설였다.

하지만 미리 말해 둬도 상관이 없겠다 싶었기에 이내 입을 열었다.

"자네와의 계약 때문에 그렇다네."

"제 계약요?"

상진의 계약은 2년이었다.

즉, 내년까지 뛰면 이상진은 자유 이적 시장에 풀리게 된다.

그때 문이 벌컥 열리며 제드 호이어 단장이 뛰어들어 왔다.

그는 이마의 땀을 닦으면서 크게 숨을 토해 냈다.

"후, 늦어서 미안하네."

"괜찮습니다. 그리고 그 건에 대해서 막 설명을 시작하던 중이었습니다."

"아, 그랬나? 그러면 뒤는 내가 설명하도록 하지."

호이어 단장은 헛기침을 하고는 표정을 가다듬고 입을 열었다.

"우리는 자네와 재계약을 하고 싶네."

"지금 말씀입니까?"

"지금 당장 하자는 건 아니네. 자네의 에이전트를 통해서 조율해야 할 문제이기도 하고."

상진의 눈썹이 꿈틀거리자 호이어 단장은 바로 손을 내저었다.

지금은 계약을 논할 시기도 아니었고 이야기를 꺼낼 시기도 아니었다.

그럼에도 이런 이야기를 꺼내는 건 시카고 컵스의 총의 때문이었다.

"올해 시즌이 끝나고서 연장 계약을 논의하고 싶네. 그걸 미리 알려 주고 싶었을 뿐이네."

상진은 감독과 단장의 얼굴을 번갈아 보며 무표정을 유지했다.

시카고 컵스가 자신과 재계약을 하자는 건 지금의 성적을 기반으로 하는 이야기일 것이다.

"어째서입니까? 제가 올해만 반짝 활약할 수 있을 텐데요."

"그런 건 문제가 아니네. 우리는 이미 결정했고 계약을 추진할 계획이네."

"성급하시네요."

하지만 이해할 수는 있었다.

상진의 생각대로 호이어 단장과 그 윗선인 테오 엡스타인 사장은 몸이 달아 있었다.

팬들은 어째서 이상진과 2년밖에 계약하지 않았느냐며 벌써부터 성화였다.

물론 메이저리그 규정 위반이기에 지금 당장 계약을 연장하는 건 불가능했다.

그래도 일단 이쪽에서 이상진을 원하고 있다는 식의 어필은 해 두고 싶었다.

"나중에 때가 되면 에이전트와 이야기를 해 주세요. 그럼 저는 모레 등판할 준비 때문에 이만 일어나 보겠습니다."

"아, 그, 그러게, 미스터 리."

떨떠름한 표정으로 상진을 내보내면서도 호이어 단장은 내심 이대로 보내도 되나 싶었다.

하지만 의사를 전한 것만으로 충분했다.

시카고 컵스는 2년 계약이 끝나면 이상진과 재계약할 의사가 있다.

그리고 성의는 지금부터 보여 주면 됐다.

"아, 그리고 하나 말하고 싶은 게 있습니다."

"뭔가?"

밖으로 나가려던 상진이 멈추자 단장과 감독은 순간 긴장했다.

설마 그 사이에 마음이 바뀐 건가, 하는 생각에 그들은 상진의 다음 말을 기다렸다.

"저는 시카고 컵스를 참 좋아합니다. 저도 내년 시즌이 끝나고 제 생각도 구단의 생각도 변함이 없었으면 좋겠습니다."

*   *   *

이상진의 다음 경기는 하필 LA 다저스였다.

지난번에는 로스앤젤레스에 직접 가서 경기를 했지만 8월 20일에 열리는 경기는 리글리 필드에서 벌어지게 됐다.

목요일에, 그것도 오후 1시 20분에 열리는 낮 경기였지만 또다시 만원 관중을 이뤄 냈다.

조나단은 가득 들어찬 관중을 둘러보며 혀를 내둘렀다.

"이야, 역시 다저스답네. 보통 이 정도 시간대에 만원 입장하는 건 처음 보는데?"

"100경기를 해 놓고 78승을 거둔 팀이니까. 원정이라고 해도 이 정도 팀의 경기를 보고 싶은 건 당연하겠지."

"너 때문이 아닐까? 네가 오늘 이기면 20승이잖아."

"설마 그럴까?"

상진은 설마라고 했지만 사실 컵스의 팬들은 이상진의 투구를 보러 온 것이었다.

하지만 상대 선발이 로스 스트리플링이라 너무 맥 빠지는 경기이기도 했다.

"로스 스트리플링이라."

"다저스에서 5선발 경쟁을 하고 있는 투수라지?"

올해 평균 자책점이 4.72를 기록하고 있었기에 비교 대상조차 되지 않았다.

시카고 컵스의 선수들은 전부 대량 득점을 할 생각에 벌써부터 싱글벙글 웃고 있었다.

"이건 도망치는 게 아니다."

데이브 로버츠 감독은 선수들에게 다시 한번 강조해서 말했다.

이상진에게 도망친다는 인상을 지울 수 없었던 그는 입술을 꽉 깨물었다.

본래 커쇼가 등판해야 하는 타이밍이었는데 일부러 어제 등판시켰다.

그래도 코리 시거와 무키 베츠, 코디 벨린저가 오늘 라인업에 모두 들어가 있었다.

"어차피 포스트시즌이 되면 우리는 시카고 컵스와 붙을 확률이 높다."

"그건 알고 있습니다."

"그러니 너희가 오늘 공략법을 찾아내야 한다."

지난번은 정면 승부를 하다가 패했다.

그동안 계속 분석은 해 봤지만 이상진을 공략하는 건 늘 탁상공론일 뿐이었다.

그렇기에 오늘 경기는 예행연습이었다.

"포스트시즌 때 이상진을 공략하기 위해 우리가 여태껏 상정한 모든 방법을 시험해 본다."

이상진은 자신의 실력의 걸맞은 모습을 보여 주었다.

5회까지 피안타 두 개만 맞으며 LA 다저스의 타선을 초토화시켰다.

자신이 어째서 메이저리그 최고의 투수로 불리는지 증명하는 시간이었다.

[다음 이닝에 한계 돌파 스킬이 사용 가능합니다.]

6회가 되어 마운드에 등판하자 시스템 메시지가 떠올랐다.

상진은 그걸 옆으로 밀어내고 글러브 안의 공을 매만졌다.

뭔가 이상했다.

그런데 뭔가 이상한지 알 수 없었다.

"아웃!"

9번 타자를 아웃시키자 타석에 올라온 건 키케 에르난데스.

LA 다저스의 1번 타자였다.

지난번에 LA 다저스와 만났을 때와 마찬가지로 타선은 적극적으로 타격을 하려고 애를 썼다.

실제로 무키 베츠와 코디 벨린저는 안타를 하나씩 쳐서 출루를 해냈다.

그런데 그때 느꼈던 것과 오늘 느끼는 건 조금 달랐다.

'대체 뭘까?'

대체 무엇 때문에 이런 기분을 느끼는 건지 알 수 없어서 더욱 답답했다.

상진은 어딘가 모르게 꽉 막힌 기분을 뒤로 밀어냈다.

"스트라이크!"

키케 에르난데스의 배트는 힘차게 허공을 갈랐다.

아까 전에는 플라이, 그리고 삼진으로 아웃을 헌납했던 그였지만 배트는 여전히 거침이 없었다.

보통 이쯤 되면 타자들은 의욕을 상실하고 배트에 힘이 없어지게 마련이다.

'이걸 어떻게 생각해야 하지?'

역시 다저스 타선이라고 생각해야 하는지, 아니면 지금 경종을 울리고 있는 본능에 따라 의심해야 하는 건지 알 수 없었다.

그래도 지금 해야 할 일은 확실하게 승리를 다져 놓는 일이었다.

키케 에르난데스가 공을 건드리자 유격수 하비에르 바에즈를 향해 굴러갔다.

힘없이 굴러간 공을 주운 하비에르는 바로 1루수에게 송구했다.

"아웃!"

그때 데이비드 로스 감독이 앤디 그린 코치를 보내왔다.

갑자기 코치가 마운드로 올라올 일이 없었기에 상진은 고개를 갸웃거렸다.

"무슨 일이십니까?"

"이제 슬슬 내려오는 게 좋지 않을까? 올림픽의 여파도 아직 남아 있고, 지난번에도 완투했잖아. 그리고 오늘은 점수 차도 크고."

이제 6회째 던지고 있었고 투구 수도 고작 62개뿐이어서 아직 이른 타이밍이었다.

그래도 점수는 이미 8점이나 차이 나는 상황이었다.

6회까지 던지고 교체된다고 해도 딱히 이상하지는 않았다.

"음."

상진이 잠시 고민하자 앤디 그린 코치도 역시나 하는 표정이 됐다.

"너도 뭔가 이상하다는 걸 느꼈구나?"

"아무래도 LA 다저스 타선의 분위기가 묘해요. 말로 설명하기는 어려운데 뭔가 있어요."

벤치에서도 뭔가 이상을 느꼈으니 앤디 그린 코치를 보낸 모양이었다.

그렇다면 딱히 시간을 끌 필요는 없어 보였다.

"6회를 막아도 7회에 중심 타선이 올라올 겁니다."

"그쪽은 걱정하지 마. 불펜진은 괜히 있는 게 아니니까. 네가 내려가서 패한다고 해도 카디널스하고 승차는 이미 2승 차야. 아직 여유는 있어."

지난번 이상진이 연패를 끊은 이후 컵스는 단 한 번도 패하지 않았다.

LA 다저스와 치른 어제와 엊그제 경기에서도 서로 1점씩 내며 치열한 승부를 벌이긴 했어도 전부 승리를 거두었다.

"좋아요. 6회까지만 해 보고 내려가겠어요."

"고맙다. 그러면 마무리 잘해."

앤디 그린 코치가 마운드에서 내려간 후, 상진은 타석에 있는 타자를 슬쩍 노려봤다.

대체 무슨 꿍꿍이가 있는지는 몰라도 지금은 그 꿍꿍이에 넘어가서는 안 됐다.

'혹시 내가 이상함을 느끼게 만들어 스스로 강판하도록 유도하는 게 아닐까?'

무슨 꿍꿍이인지 알 수 없어서 더 짜증스러웠다.

한숨을 내쉰 상진은 벤치의 판단에 따르기로 결정했다.

무엇 때문인지는 몰라도 던지고 있는 와중에 이상함을 느낀다면 내려가는 게 맞았다.

'그 전에 일단 너까지는 잡고 가주마.'

뒤숭숭한 머릿속과 달리 포수 조나단의 미트에서는 경쾌한 소리가 울려 퍼졌다.

"스트라이크!"

＊　　　　＊　　　　＊

"눈치를 챈 모양이군요."

7회 초에 다른 투수가 등판하자 로버츠 감독은 입맛을 다셨다.

데이터는 충분히 수집하고 있었고 선수들도 나름 자신의 역량대로 이상진을 상대해 보고 있었다.

코디 벨린저, 무키 베츠, 저스틴 터너, 코리 시거.

이름만 들어도 웬만한 투수는 공포에 떨 타자들이 가을에 떨어지는 낙엽처럼 이상진에게 쓰러졌다.

하지만 그들에게는 다음 기회가 있다.

"지구 1위를 확정지었으니 이 정도는 괜찮겠지."

"정말 괜찮을까요?"

"상관없어. 우리에게 올해 목표는 월드 시리즈 우승이야. 작년처럼 어처구니없이 거꾸러질 수도, 재작년이나 3년 전처럼 문턱에서 무너질 수도 없어. 무조건 우승해야 해."

그만큼 로버츠 감독에 대한 우승 압박은 어마어마했다.

LA 다저스는 지구에서 100승 넘게 찍으며 최강의 팀으로 군림해 왔다.

하지만 월드 시리즈 우승에 실패한 것만 몇 년째였다.

"우리 팀이 최강이고 최고의 자리에 올라야 한다는 걸 증명해야 해."

세간에서는 로버츠 감독의 단기전 능력이나 선수단 운용을 문제 삼았다.

하지만 데이브 로버츠는 자신이 옳다고 믿고 있었다.

"데이터 수집은?"

"일단 이상진이 각 선수들에게 던졌던 공은 지난번과 합산해서 통계를 내봤습니다. 다음 경기에서는 참고할 수 있으리라 봅니다."

1인당 15~20개 정도의 투구 수였다.

하지만 그 공들은 전부 선수들의 약점, 혹은 의표를 찔러 오는 공들이었다.

세간에는 이상진이 100마일이 넘는 구속과 배트가 밀려날 정도의 묵직한 구위로 타자를 찍어 누른다고 알려져 있다.

하지만 한국에서의 데이터를 수집해서 분석한 로버츠 감독은 무엇이 잘못됐는지 알아냈다.

"이상진은 처음부터 기교파 투수였어. 컨디션이 좋을 때는 제구력이 무척 좋았지. 그런 투수가 어느 날 구속과 구위를 얻었어. 그럼 어떻게 되겠나?"

"보통은 그것에 취하게 되겠죠."

밥 게런 코치의 대답에 로버츠 감독은 고개를 끄덕였다.

"보통의 투수는 새로 얻은 무기에 취해서 자신의 장점을 잃어버리게 되지. 혹은 완전히 잃어버리진 않아도 그걸 완전히 살리지는 못해. 하지만 미스터 리는 전혀 달랐지."

커쇼를 상대할 때 이상진의 모습이 그러했다.

패스트볼과 슬라이더만으로 다저스 타선을 농락하는 모습을 보다가 피가 거꾸로 솟는 줄 알았다.

"확실히 이상진의 변화구는 능숙하죠. 변형 패스트볼도 던질 줄 알고요."

"컷패스트볼에 대한 정보는 있었지만 그걸 설마하니 메이저에 와서 완성했을 줄도 몰랐지."

아직도 까면 깔수록 무언가가 더 튀어나오는 이상진이었다.

그래서 더 알고 싶었다.

무얼 숨기고 있는지, 그리고 전력을 다한다면 어떤 실력이 튀어나올지.

마지막 밑바닥까지 전부 파내고 무너뜨리고 싶었다.

"일단 한 번이라도 던졌던 구종은 체크해 둬야겠지. 메이저 리그에 와서 던지지 않은 구종은 뭐가 있지?"

"스플리터와 싱킹 패스트볼이 있습니다."

"일단 그것도 고려는 해 둬. 물론 그것까지 던질 줄 안다면 정말 답이 없겠지만. 과거 변화구로 전성기를 보냈던 투수들을 고려한다면 그 정도까지는 신경 쓰지 않아도 되겠지."

이상진은 언제나 상식 밖의 모습을 보여 줬다.

밥 게런은 여태까지 이상진에 대해 모아 놓은 걸 정리하기 시작했다.

그러다가 피식 웃음이 새어 나왔다.

이걸 데이터랍시고 정리해 두는 게 우스웠다.

던질 수 있는 구종은 여섯, 일곱 개는 기본이고 숨기고 있는 구종이 있을지도 모른다.

게다가 선보였던 모든 구종이 메이저리그에서 고평가를 받을 만한 수준이었다.

최고 구속은 100마일에 평균 구속은 95마일인데 구속을 떨어뜨리면 85마일까지 내려가서 패스트볼과 체인지업을 구분하기 어려워진다.

'타자별로 던지는 스타일의 차이가 있다고 해도 이런 걸 정리한다고 해서 공략할 수 있을까?'

왠지 모르게 괜한 짓을 하는 게 아닌가 하는 생각이 들었다.

＊　　　　＊　　　　＊

LA 다저스와의 경기는 10 대 2로 허무하게 끝났다.

6이닝 동안 피안타 두 개만 맞은 이상진은 승리투수가 됐지만 뒷맛이 썩 개운하지는 않았다.

"아무래도 너를 분석하려고 했던 것 같은데?"

6회에 이상진이 교체되며 함께 교체된 조나단은 투덜거리며 스파이크에 묻은 흙을 털어 냈다.

하지만 이상진이 보인 반응은 달랐다.

"분석? 나를?"

"큰 의미는 없다고 생각하지만 말이야. 여태까지 널 분석하지 않은 팀은 없잖아? 그런데도 그런 짓을 한다면 정신이 나간 거지."

조나단은 대수롭지 않다는 듯 말한 것뿐이었다.

하지만 상진의 생각은 달랐다.

"확실히 그건 관찰하는 자세였어."

"어이, 리?"

그때 앤디 그린 코치와 데이비드 로스 감독이 함께 다가왔다.

그 외에 다른 코치들도 함께 다가왔다.

경기가 끝나고 돌아가야 할 시간이었지만 다들 심각한 얼굴이었다.

"오늘 관찰당한 듯한 기분이 들지 않았나?"

"아마 그랬던 것 같네요. 경기 도중에 위화감이 있었거든요."

이제는 그 불쾌함과 위화감의 정체가 무엇인지 알 것 같았다.

"생각해 보니 다저스의 벤치에서도 특별한 사인이 오가지 않았더군요."

"그쪽에서 마치 손 놓고 방관하는 듯한 기분이었지. 어딘가 이상하다고 생각했는데 경기가 끝나 보니 알겠더군."

그 말에 옆에 있던 타미 호토비 투수 코치도 맞장구 쳤다.

"그렇다면 6회까지만 던지고 내려간 게 신의 한 수였네요."

데이비드 로스 감독은 가슴을 쓸어내렸다.

탐색당하고 있었다면 6회까지 끝내고 내려온 게 천만다행이었다.

7회에도 등판했다면 중심이라고 할 수 있는 3번, 4번, 5번 타자들을 연달아 상대해야 했다.

특히 코디 벨린저나 무키 베츠에게 한 번 더 관찰할 기회를 줬다면 어찌 됐을지 간담이 서늘했다.

그런데 이상진이 하는 말은 뜻밖이었다.

"딱히 상관은 없을 텐데요?"

"상관이 없다니? 분석당하면 그만큼 네게 어려운 승부가 이어질 텐데? LA 다저스는 나중에 포스트시즌에 만날 확률이 100퍼센트인데."

그것도 월드 시리즈 직전에 치르는 챔피언십 시리즈에서 맞붙을 확률이었다.

LA 다저스의 위용은 작년 못지않았고 승수 여유가 있어서 커쇼의 체력 관리까지 해 주고 있을 정도였다.

커쇼도 시즌 중 개인 성적은 접어두고 월드 시리즈 우승을 위해 내달리고 있었다.

"상관없어요. 어차피 메이저리그에서 분석당하지 않는 게 오히려 이상하지 않나요?"

"그거야 그렇지만."

"그럼 됐어요. 분석하라면 분석하라죠. 뭐, 분석당했다는 걸 전제로 저도 나름 준비는 해 둬야겠죠."

"그래도 미스터 리."

"메이저리그가 만만하지는 않다는 건 저도 아는데요."

상진은 이를 드러내며 자신만만하게 웃었다.

"저도 그냥 당하고 사는 성격은 아니라서요."

＊   ＊   ＊

LA 다저스와의 경기를 마친 상진은 25일에 열린 마이애미 말린스와의 원정 경기에 출전했다.

8이닝 무실점 14탈삼진으로 승리투수가 된 상진은 날씨를 확인하다가 쓴웃음을 지었다.

"정말 미친 듯이 비가 내리네. 날씨가 헤까닥 돌아 버린 거 아냐?"

메이저리그는 웬만한 폭우도 어느 정도 그치면 경기를 강행할 정도로 일정을 준수했다.

그런데 이건 아니었다.

시카고에서도 보기 드문 폭풍이 불고 있었다.

"토네이도 경보도 떴다고 하던데, 어머니는 괜찮을지 모르겠네."

"경로를 보니까 외곽으로 빗겨 나간다고 하더라."

"그건 다행이네."

강우량도 강우량이었지만 시카고 외곽에서는 토네이도까지 발생해서 뒤숭숭했다.

자칫 잘못했다가 경기장에 토네이도가 불어닥친다면 인명 피해가 발생할 우려도 있었다.

"후우, 어쩔 수 없겠군."

데이비드 로스 감독도, 앤디 그린 코치도, 에이스인 이상진도 날씨의 변덕은 어쩔 도리가 없었다.

그들은 쓴웃음을 지으며 고개를 절레절레 흔들었다.

"내일 샌프란시스코 자이언츠와의 경기는 더블헤더로 결정이 났군."

더블헤더.

두 경기를 하루 만에 치르는 것으로 야구 선수들은 약간 꺼리는 감이 있었다.

무엇보다 불펜진과 타자들의 소모가 어마어마하단 점이 문제였다.

"선발로 뛰어야 하는데 어떻게 하겠나?"

9월 2일 경기 일정이 꼬여 버렸다.

그래도 샌프란시스코 자이언츠와의 경기를 전부 잡고 싶었던 데이비드 로스 감독은 우선 이상진에게 은근슬쩍 의사를 물었다.

그의 계획은 단순했다.

우선 이상진으로 첫 경기를 잡아낸다.

그리고 불펜진을 아껴서 더블헤더 다음 경기에 대거 투입한다.

물론 반대가 되어도 상관없었다.

이상진을 투입한다는 것만으로도 샌프란시스코 자이언츠의 타자들은 겁에 질릴 것이다.

"첫 경기에 출전하도록 하겠습니다."

"알겠네. 그러면 1시에 출전하는 걸로 처리해 두겠네."

투수가 타석에도 서야 하는 만큼 내셔널리그 투수들의 체력 소모는 생각보다 컸다.

이상진이 이 정도 성적을 내주는 것만으로도 고맙고 큰 도움이 되었다.

"그런데 더블헤더라니, 참 재미있게 됐네요."

"이런 경우는 처음인가?"

"한국에서 더블헤더를 해 본 경험은 한 번도 없거든요."

한국 프로 야구에서는 경기 일정을 뒤로 미루면 미뤘지 이렇게 더블헤더를 하는 경우는 거의 없었다.

1년에 한 번 있을까 말까 한 수준이었다.

"앞으로는 익숙해지는 게 좋을 걸세. 메이저리그에서는 꽤 많거든."

메이저리그는 총 경기 수가 162경기나 되는 만큼 일정을 제대로 지키기 위해서는 어쩔 수 없는 선택이었다.

괜히 일정을 뒤로 미뤘다가 자칫 잘못하면 11월, 12월이 되어서도 야구를 해야 할지도 몰랐다.

"메이저리그의 더블헤더는 어떤지 감독님께 듣고 싶습니다."

"딱히 다를 건 없네. 미국은 워낙 넓으니 원정을 오가기가 무척이나 힘들지. 그래서 한 경기 정도가 빠지게 된다면 이번처럼 더블헤더를 통해서 처리하는 편이 많네."

탬파베이 레이스와 시애틀 매리너스 같은 경우가 그랬다.

미국의 서쪽 끝에 위치한 시애틀과 동쪽 끝에 위치한 탬파베이 레이스는 서로 같은 아메리칸 리그였기에 자주 만났다.

그런 팀들이 원정을 위해 이동한다고 치면 비행기로 대략 5시간에서 6시간, 혹은 그 이상 걸리기도 한다.

동부 지구와 서부 지구여서 서로 원정이 시즌에 한두 번 있는데, 만약 한 경기를 제대로 치르지 못한다면 그 거리를 다시 비행기로 이동해야 한다.

"시카고와 샌프란시스코의 거리가 만만치 않지. 보스턴까지 가는 것보다는 덜해도 비행기로 4시간은 족히 나오니까."

"그만큼 선수들의 컨디션 문제도 있을 테고요."

"그러니 경기를 몰아서 할 수밖에 없지. 그리고 재미있는 일도 있었지."

"뭡니까?"

데이비드 로스 감독은 빙그레 미소를 지으며 말을 이었다.

"뉴욕 양키스와 뉴욕 메츠는 경기장이 서로 16킬로미터밖에 떨어져 있지 않네. 그래서 더블헤더 1차전은 뉴욕 메츠의 구장이었던 셰이 스타디움에서 열리고 2차전은 뉴욕 양키스의 구장이었던 양키 스타디움에서 열렸었지."

서로 엎어지면 코 닿을 거리에 있었기에 가능한 더블헤더였다.

그만큼 더블헤더가 자주 벌어지는 메이저리그였기에 생길 수 있는 에피소드이기도 했다.

"어쨌든 샌프란시스코는 두 경기 중 하나라도 잡으려고 할 걸세."

"아마 제가 첫 경기 선발로 나온다고 하면 첫 경기는 포기하려고 하겠죠."

선발투수 예고제에 따라 1차전 선발로 자신을 공시해야 한다.

그걸 확인한다면 샌프란시스코 자이언츠는 경기를 포기하듯 타자들을 교체하고 체력을 온존해서 2차전에 대비하려 할 것이다.

"그래도 전략적인 선택이지. 질 것이 뻔한 승부는 걸지 않겠다. 그런 거지 않겠나?"

"그건 그렇죠."

상진은 싱긋 웃었다.

그리고 데이비드 로스 감독도 상진을 바라보며 마주 웃었다.

"자네가 무슨 생각을 하는지 내가 맞혀 볼까?"

이어진 이야기에 웃음이 폭발했다.

다른 사람들이 단 한 번도 본 적이 없는 이상진의 폭소는 한참이나 이어졌다.

눈물까지 배어 나올 정도로 웃어댄 상진은 간신히 진정하면서 웃음을 참아냈다.

"감독님도 이제 저한테 익숙해지셨군요."

*   *   *

샌프란시스코 자이언츠.

과거 매디슨 범가너가 있던 팀으로 유명했으며 그가 애리조나 다이아몬드백스로 이적한 이후에는 리빌딩으로 돌입했다.

2019 시즌 중반에 범가너를 트레이드해서 유망주를 확보했다면 기대해 볼 만했지만 올해의 성적은 처참했다.

"후우, 아무리 범가너가 없다고 해도 지구 꼴찌라니."

범가너만 없다면 모를까, 윌 스미스까지 자유 이적 시장을 통해 팀을 떠났다.

새로 감독이 된 게이브 케플러는 머리를 감싸 쥐고 황폐화된 팜을 재건하는 데 몰두했다.

올해 조이 바트를 시작으로 2022년까지 팀 내에서 촉망받는 유망주들이 하나둘씩 콜업 될 예정이었다.

그나마 그는 그것에 희망을 걸고 있었다.

하지만 그것이 승부를 포기한다는 것과는 다른 말이었다.

메이저리그에서 리빌딩을 할 때 소위 탱킹한다는 말을 쓴다.

아무리 그와 샌프란시스코 자이언츠가 팀의 리빌딩에 집중하고 있다고 해도 어느 정도의 승리는 거둬야 했다.

"하필이면 이상진이라니."

더블헤더 1차전은 이상진.

현존하는 메이저리그 투수들 중 최강이자 최고인 선수였다.

그렇다면 1차전은 깔끔하게 포기하고 2차전에 올인 하는 게 나았다.

'적어도 1승은 챙겨 가야지.'

지구 꼴찌를 하고 있다고 해도 승부는 승부다.

콜업 된 유망주들에게 경험치를 먹이고 선수들은 자신감 있게 경기를 할 수 있도록 해야 했다.

자신이 자신 없는 모습을 보일 수는 없었다.

"이상진과의 1차전은 버린다. 저건 규격 외의 괴물이다. 우리가 감히 상대할 만한 투수가 아니지."

"그러면 2차전에 올인 하실 생각이신가요?"

"예스. 이상진이 없는 경기만큼은 잡아낸다."

명단은 확실했다.

1차전 출전 명단은 이번에 40인 로스터로 콜업 됐거나 팀에서 애지중지하는 유망주로 구성되어 있었다.

이상진 정도 되는 투수의 공을 지켜보는 것만으로도 좋은 공부가 될 것이다.

"이상진의 공에 대해서는 딱히 말하지 않겠다. 모든 구종을 메이저리그 최상위권 수준으로 구사하는 투수다. 0점대 평균자책점은 결코 겉멋이 아니지."

"한번 보고 싶네요."

브랜든 벨트가 사납게 웃으면서 기대한다는 표정을 지었다.

작년에 맹장 수술을 받으며 2할 5푼 3리의 타율로 시즌을 마친 그였다.

그는 메이저리그에 데뷔한 지 한참 됐는데도 포텐셜이 터지지 않아 별의별 소리를 들었었다.

하지만 올해 3할 타율과 7할의 장타율을 기록하며 드디어 포텐셜이 터졌다는 평가를 받았다.

케플러 감독은 적어도 브랜든에게 2~3년 정도는 팀 내 중심 타선을 맡길 생각이었다.

"너는 한 타석 지나거든 바로 내릴 테니 그런 줄 알아라."

"에이, 존스 녀석 올리시게요?"

"그 녀석도 좀 더 경험을 쌓아야 하니까."

올해 포텐이 터진 브랜든 벨트와 달리 내야수 백업인 라이더 존스는 스물여섯이나 됐어도 아직 터질 기미가 보이지 않았다.

그래도 이제 슬슬 능력을 보여 줄 때였기에 경기 출전을 계속 강행하며 경험을 쌓도록 하고 있었다.

"오늘 경기는 적당히 해도 상관없다. 하지만 나는 계속 너희를 지켜보고 있다. 내년에도, 후년에도, 나와 함께 이 팀을 다시 한번 새롭게 만들어 보자."

*   *   *

샌프란시스코 자이언츠와의 더블헤더 1차전이 시작되었다.

물론 자이언츠 팬들에게는 지루할 만큼 재미없는 경기였다.

하지만 컵스 팬들은 연달아 환호했다.

"리! 리! 미스터 리! 우리들의 미스터 리!"

범가너가 떠난 샌프란시스코 자이언츠는 분명 약팀이다.

그가 남아 있었다면 이상진과 재미있는 승부가 됐을 거라고 다들 떠들어 댔지만 결국은 가정일 뿐.

샌프란시스코 자이언츠는 5회에 벌써 10점차까지 벌어졌고

7회가 되어서도 이상진의 투구 수를 60개 정도밖에 빼지 못할 정도로 약했다.

그리고 컵스 팬들은 약팀을 두들겨 패는 광경을 보며 열광했다.

선발 명단에 있었던 브랜든 크로포드도, 에반 롱고리아도, 전부 교체되어 내려간 지 오래였다.

지금 타석에 있는 선수들은 모두 유망주였고 심지어 교체된 투수도 우완 투수 유망주인 로건 웹이었다.

선발로서의 가능성을 보이는 그에게 이닝을 길게 끌고 가게 했다.

올해 컵스의 타선은 상당히 강했고 그로서도 좋은 경험이 될 것이다.

"그나저나 정말 압도적이야."

과거 자이언츠에 있던 범가너, 그 이상의 모습이었다.

그리고 올해 메이저리그에서 봐 왔던 투수들 중 누구보다도 강력했다.

영상이 아니라 경기장에서 직접 플레이를 보면서 감탄을 자아냈던 선수는 몇 없었다.

"2차전 준비는?"

"그럭저럭 준비 중입니다."

"이상진의 투구에 대해서 생각하는 건 이제 슬슬 그만두도록 해. 그걸 계속 기억하면 오히려 칠 수 있는 공도 못 치게 될 거다."

저쯤 되는 공은 다른 투수와 너무 격차가 난다.

그러다 보니 저런 공에 눈이 익숙해지면 오히려 느린 공의 타이밍을 맞추지 못하는 일이 종종 일어나기도 했다.

[타자의 포인트는 98입니다.]

이상진은 턱없이 낮은 포인트 수준에 한숨을 쉬며 공을 던졌다.

안 그래도 투구 수를 절약하기 위해 최대한 상대의 배트가 나오도록 유도하는 투구를 했다.

그럼에도 건드리지도 못하고 헛스윙 하는 타자들이 대부분이었다.

'유망주에 단년 계약을 한 선수들. 그리고 노장들이네.'

선발 멤버를 3회가 지나기도 전에 전부 다 빼 버린 것까지.

확실하게 1차전을 버리겠다는 의지가 느껴졌다.

상진은 입 안의 껌을 질겅질겅 씹으면서 샌프란시스코의 벤치 쪽을 바라봤다.

'지금은 싱글벙글 웃고 있겠지.'

2차전이야말로 잡아내겠다며 벼르고 있을 터.

하지만 2차전에 대해서는 데이비드 로스 감독과 이미 이야기를 끝내 놨다.

'그 미소가 언제까지 가나 두고 보자.'

상진의 손에서 떠난 공이 맹렬한 속도로 조나단의 미트를 향해 날아갔다.

9회까지 정확히 투구 수 80개로 끝낸 이상진의 투구는 완벽했다.

압도적이다 못해 빛이 날 정도로 무시무시한 투구였다.

중간에 어쩌다가 맞은 피안타 하나가 뼈아프긴 했지만 어쨌든 승리는 승리였다.

샌프란시스코 자이언츠의 코치들은 다음 경기를 준비하며 고개를 흔들었다.

"너무 압도적인 경기였어."

"그래도 원래 포기했던 경기 아니었습니까? 생각보다 투수를 덜 썼다는 게 오히려 다행스럽습니다."

이상진에게 당한 패배는 원래 내줄 경기였다.

투수도 선발로 투입한 선수 외에 불펜진을 셋밖에 쓰지 않았다.

그나마도 투구 수를 절묘하게 조절해서 크게 무리하지도 않았다.

그리고 원래 내주겠다고 생각했기에 멘탈적으로 무너질 일도 아니었다.

"그래도 2차전은 분명히 잡아내야겠지."

선발 선수들이 적힌 명단을 교환하는 시간이라고 생각하는 순간, 대기하고 있던 원정 팀 로커 룸 입구 쪽에서 시끌벅적한 소리가 들려왔다.

그리고 예상대로 종이를 든 코치가 안으로 들어왔다.

"컵스의 선발 선수 명단이 왔습니다."

앤드류 베일리 투수 코치는 명단을 받아 들고 어처구니없다는 얼굴이 됐다.

다른 스태프들도 마찬가지였다.

"미친? 이거 명단 진짜야?"

"왜 그래?"

코칭스태프들이 전부 눈을 동그랗게 뜨고 당황한 기색이 역력했다.

그들의 이상한 반응에 케플러 감독은 고개를 갸웃거리며 손을 내밀었다.

그리고 시카고 컵스의 더블헤더 2차전 선발 명단을 본 순간 감독은 자리에서 벌떡 일어나며 소리쳤다.

그의 얼굴은 멀리에서도 알아볼 정도로 시뻘겋게 달아올라 있었다.

"아니! 거기에서 네가 왜 나와?"

*   *   *

"미친 거 아니냐? 아무리 시스템이 있다고 해도 네 몸도 생각해야지!"

더블헤더 1차전과 2차전 중간에 찾아온 영호는 또다시 마운드에 오른다는 말에 버럭 화를 냈다.

하지만 상진은 여유롭게 웃고 있었다.

"걱정하지 말아요. 예전 같은 체력이면 모를까, 이제는 괜찮으니까."

"아무리 스킬을 얻었다고 해도 이건 미친 짓이야, 인마!"

"상식적인 투수라면 그렇겠죠. 그런데 저는 비상식적인 투수잖아요?"

"차라리 몰상식하다고 해라, 이 자슥아."

영호는 투덜거리면서도 결국 상진의 고집을 들어주고 말았다.

요 근래 또다시 한 꺼풀 벗은 듯 성장한 상진은 이제 실력적으로도, 멘탈적으로도 안정되어 있었다.

어떤 풍파가 찾아온다고 한들 전혀 흔들리지 않는 거목과 같은 느낌이었다.

"하여튼 개구리 올챙이 적 기억 못 한댔다. 옛날을 잊어버리면 안 된다."

"옛날은 기억하다 못해 아직도 생생해요. 그러니 걱정하지 말아요."

영호는 짜증스럽게 뒷머리를 벅벅 긁었다.

그래도 잔소리를 더하지는 않았다.

상진은 이미 메이저리그 최고의 투수로 불리며 야구 역사에 새로운 족적을 남긴, 그리고 남기고 있는 선수였다.

"그런데 내가 급하게 자리를 비워야 할 것 같다."

"무슨 일 있어요?"

"저승에 가 봐야 할 일이 생겼어. 어차피 자리를 오래 비워 두기도 해서 조만간 가 봤어야 하기도 했었지."

갑자기 영호가 저승에 다녀온다고 하니 상진은 눈을 동그랗게 떴다.

여태까지 이런 적이 없었기에 조금 놀랍기도 했다.

"그리고 혹월 사자님께서 부르시거든."

"드디어 저승사자에서 잘리는 거예요? 축하해요."

"이 자식이 어디서 재수 없게 그딴 소릴 하냐? 아무튼 나 없는 동안에 밥 잘 챙겨 먹고. 운전도 제대로 하고 빨래도 제때 해 놓고."

어딘가 드라마에서 듣거나 혹은 대전에 있는 집에서 듣던 소리에 상진은 기가 차다는 표정이 됐다.

"무슨 마누라 잔소리하듯 그럽니까? 얼른 다녀오기나 해요. 나는 경기나 뛰고 있을 테니까."

"네가 나 없이 뭐 제대로 하는 꼴을 못 봤으니까 그런다. 아무튼 제대로 먹고 살고 있어라."

그렇게 영호는 휙 사라졌다.

마치 연기처럼 눈앞에서 사라지자 상진은 영호가 있던 자리를 멍하니 바라봤다.

작년 초 죽어 버렸던 자신을 살리기 위해 황금 돼지를 먹였고 그때부터 지금까지 자신의 감시역으로 함께해 왔다.

그리고 언제부터인가 매니저가 되었고 에이전트가 되었으며 이제는 가족같이 여겨질 정도로 친근해졌다.

"젠장. 저승사자한테 내가 무슨 생각을 하는 거야."

그래도 왠지 모르게 짜증스러웠다.

이 짜증을 풀 곳이 필요했다.

                    *   *   *

　—이상진 선수가 더블헤더 2차전에도 마운드에 올라왔습니다!

　—이런 일은 전례가 없는 일인가요?

　—예전에도 더블헤더 경기에 연속으로 등판한 선수는 있었습니다만, 오늘의 이상진 선수처럼 지난 경기에 9이닝 완봉승을 거두고 연이어 올라온 적은 한 번도 없었습니다.

　—놀라운 일이네요.

　불펜이라고 하면 이해할 수 있었다.

　하지만 그의 보직은 불펜이 아닌 선발이었다.

　백번 양보해서 생각해 본다고 해도 이런 투수 운용은 상식에서 벗어났다.

"스트라이크!"

　경쾌한 소리와 함께 포수의 미트 안에 꽂혔다.

　시카고 컵스의 팬들은 다시 한번 열광했고 샌프란시스코 자이언츠 선수들의 얼굴은 일그러졌다.

"저 자식은 지치지도 않나?"

"아무리 투구 수가 적었다고 해도 이건 미친 거지!"

게다가 구속이나 구위는 전혀 떨어지지 않았다.

아니, 아주 약간 떨어진 기미가 보이긴 했어도 샌프란시스코 자이언츠의 주력이 쳐 낼 수 있는 수준은 아니었다.

'재미있는 얼굴들을 하고 있네.'

계산대로 풀리지 않는 경기 양상에 자이언츠의 타자들은 전부 찡그린 표정이었다.

게다가 아까 이상진의 공에 느꼈던 공포와 절망감이 되살아나며 자포자기한 표정인 타자도 있었다.

'이런 게 있어서 다행이지.'

[사용자: 이상진(투수)]

ㅡ체력: MAX

ㅡ제구력: MAX

ㅡ수비: 99 (ㅡ5)

ㅡ최고 구속: 시속 163킬로미터 (ㅡ3)

ㅡ평균 회전수: 2711RPM (ㅡ50)

ㅡ보유 구종: 포심 패스트볼 (SS), 커브 (S), 슬라이더 (S), 체인지업 (S), 투심 패스트볼 (SS), 컷 패스트볼 (A)

ㅡ보유 스킬: 9개 (목록은 클릭 시 활성화됩니다.)

ㅡ남은 코인: 12

이제 보유 스킬 개수가 9개가 됐다.

체력을 MAX로 채우며 이번에 새로 얻은 스킬 덕분에 체력적인 부담도 거의 없었다.

[강철 위장]

—이닝을 꾸역꾸역 처먹던 당신을 힘들게 하던 체력의 문제. 이제 아무리 먹어 대도 지치지 않는 강철 위장을 소유해 보세요. 그래도 너무 많이 먹는 건 건강에 좋지 않답니다.

여전히 센스 없는 문구였다.

하지만 체력이 120을 달성하며 MAX로 바뀐 순간 주어진 이 스킬은 상진의 체력 소모를 극단적으로 줄여 줬다.

아직 한계까지 가 본 적은 없었지만 과거 처음 시스템을 얻었을 때의 60구 제한이 지금에 와서는 100구 정도쯤 던져야 찾아오는 기분이었다.

"스트라이크! 타자 아웃!"

[경고: 과도한 이닝 소모 및 투구 수로 체력 페널티가 적용됩니다.]

흘끗 고개를 돌려 확인하니 투구 수가 딱 20구가 되어 있었다.

더블헤더 1차전에 80구, 그리고 지금 20구.

정확하게 100구였다.

'시스템에 감사해야겠어. 이런 걸 정확하게 알려 주니 편하단 말이야.'

아무리 능력이 좋아도 그걸 활용하는 건 이상진 본인이었다.

이상진 역시 시스템을 가지고 자신의 능력을 극대화시켜 다양한 구종을 위력적으로 던질 수 있었다.

하지만 위력 있는 공을 가졌어도 타자들에게 난타당하는 투수는 흔하게 있다.

'정말 옛날 일이 되어 버렸어.'

130킬로미터를 간신히 넘어가는 구속을 가지고 어떻게든지 프로에서 살아남기 위해서 갖은 노력을 해 왔던 시절이 떠올랐다.

정말 살아남기 위해서 야구를 했던 시간이었다.

그때는 프로야구 선수를 그만두면 뭘 해야 할지 막막했기에 더욱 야구에 매달렸었다.

'올챙이 적 생각 안 날 거라더니.'

영호가 아까 한 말이 떠오르자 상진은 인상을 팍 썼다.

사전에 알려 주지도 않고 급하다면서 저승으로 휙 날아 버린 저승사자의 얼굴에 집어 던지듯 상진은 힘차게 공을 던졌다.

"스트라이크! 타자 아웃!"

문제는 없어 보였다.

지금 이상진의 공을 받는 건 99년생 포수 유망주인 미구엘 아마야였다.

2015년에 컵스와 계약을 한 파나마 출신의 선수로 계약금을 100만 달러나 쓸 정도로 기대하는 유망주였다.

'프레이밍도 좋고 블로킹도 좋고. 트리플 A팀에서도 도루 저지율이 좋았는데 메이저에서는 어떨까.'

상진의 전담 포수인 조나단 루크로이는 이상진의 경기에만 등판해 왔다고 해도 무척 지쳐 있었다.

게다가 더블헤더를 두 경기 연속으로 출장할 체력적 여건도 되지 않았다.

그래서 포수의 경험치를 쌓게 해 줄 겸, 유망주인 미구엘 아마야를 출전시킨 것이었다.

'수비를 조율하는 솜씨도 좋고. 내가 아무리 강한 투수라고 해도 상대 타자들에 대해 대응하는 게 나쁘진 않아. 키우면 좋은 포수가 되겠는데?'

조나단 루크로이가 노쇠함에 따라 다음 포수를 키우려는 시카고 컵스의 육성 계획이었다.

그리고 이상진도 딱히 불만은 없었다.

그가 조나단을 전담 포수로 선택하긴 했어도 선수 생활을 하면서 영원히 함께하는 관계는 없다.

그와도 언젠가는 결별해야 할 터.

시카고 컵스와 재계약을 한다면 자신과 호흡을 맞출 후임 포수에 대해서도 생각해 두는 게 좋았다.

"스트라이크! 타자 아웃!"

또다시 타자를 아웃시킨 상진은 벌써 3회가 끝나 있음을 깨닫고 쓴웃음을 지었다.

이것으로 역할은 끝이었다.

샌프란시스코의 타선은 마음에서부터 꺾여 있었다.

자신이 내려가고 다음 투수가 올라온다고 한들 다시 기세가 살아나리라 생각하기 어려울 정도로 짓밟아 놨다.

"만족했나?"

"네, 만족했습니다."

데이비드 로스 감독은 악동 같은 표정으로 히죽 웃었다.

샌프란시스코 자이언츠를 이렇게 물 먹이는 것이 생각보다 재미있었다.

"그럼 이제 교체다. 푹 쉬도록 해."

"그러고 보니 다음 일정은 어떻게 됩니까?"

"다음 일정?"

감독은 앤드 그린 코치를 불러 잠시 이야기하더니 바로 알려 줬다.

"자네는 26일에 콜로라도 로키스와의 경기에 투입될 예정이 네."

"알겠습니다."

상진은 남은 일정이 어떤지 떠올려 봤다.

로테이션과 일정상 이제 4~5경기 정도 투입되는 게 전부였 다.

이것까지는 상진이 제대로 계산해 두고 있었다.

올해 경기가 지연되거나 미뤄진 건 그리 많지 않으니 제대로 일정이 된다면 10월 초부터 포스트시즌에 돌입하게 된다.

'이제 남은 건 우승까지 가는 길목에 놓인 장애물들이다.'

이미 지구 2위인 세인트루이스 카디널스와의 승차는 4승까 지 벌려 놓은 터.

남아 있는 일정에서 지구 우승을 확정 짓는 건 일도 아니었다.

이제 포스트시즌을 준비해야 할 시기였다.

'지금 내셔널리그에서 지구 1위를 달리고 있는 팀은 우리와 LA 다저스, 그리고 애틀란타 브레이브스지. 세 팀 다 2위와 차이가 어느 정도 있으니 올라가는 건 확실하고.'

문제는 와일드카드 게임이었다.

후보군을 생각하던 상진은 세인트루이스 카디널스를 떠올리고 눈썹을 찡그렸다.

작년 지구 우승을 차지했던 카디널스는 올해도 5할 5푼이나 되는 승률을 자랑하며 지구 2위를 달리고 있었다.

아마 자신이 없었다면 카디널스가 지구 우승을 차지했을지도 모르는 일이었다.

그리고 카디널스를 떠올리자 생각만 해도 짜증이 밀려오는 토니 스미스의 얼굴이 함께 떠올랐다.

'그 녀석의 한계가 어디인지는 모르겠지만, 메이저리그 생활을 계속 해내 간다면 가장 위협이 되는 녀석이기도 하지.'

찍어 누르지는 못하더라도 토니를 상대로 승리하지 못하는 건 아니었다.

오히려 언제 상대해도 아웃을 잡아내고 다시 벤치로 돌려보낼 자신이 있었다.

그래도 까다로운 상대라는 건 변함없는 사실이었다.

'카디널스가 와일드카드로 올라온다면 어떨까.'

유형진과의 승부 때처럼 왠지 즐길 수 있을 것만 같았다.

＊　　　　　＊　　　　　＊

더블헤더 2차전 승리투수는 상진의 뒤를 이어 등판해서 5이
닝 무실점으로 호투를 한 다르빗슈 유가 가져갔다.

그리고 시카고 컵스는 서서히 포스트시즌을 준비하기 시작
했다.

"현재 내셔널리그 2위 이하의 팀들 중 승률이 가장 좋은 건
세인트루이스 카디널스, 그리고 뉴욕 메츠입니다. 그다음이 워
싱턴 내셔널스와 밀워키 브루어스입니다."

"작년하고 크게 다르지 않은 명단인가."

"메츠가 생각보다 올해 성적이 좋습니다. 그런데 초반에 지
구 1위를 달리던 것과 달리 후반기 들어서 힘이 빠진 모습입니
다."

코치들과 이야기를 나누며 데이비드 로스 감독은 턱을 쓰다
듬었다.

전반기에 연승을 거두며 벌어 놓은 승수를 후반기에 전부
까먹은 뉴욕 메츠는 딱히 고려하지 않아도 될 듯싶었다.

"그렇다면 우리와 붙는 건 애틀란타 브레이브스가 되겠군."

와일드 카드 게임을 치르고 올라온 팀과 지구 1위 중 가장
승률이 높은 팀을 붙인다.

일종의 어드밴티지였다.

그리고 현재 지구 1위들 중에 승률이 가장 높은 건 홀로 6할을 뛰어넘고 있는 LA 다저스였다.

이렇게 되면 시카고 컵스는 다른 지구 우승 팀과 대결하게 되는데 그게 바로 내셔널리그 동부지구의 애틀란타 브레이브스였다.

"여러분, 4년 전, 우리는 108년의 저주를 끊고 우승했습니다."

테오 엡스타인 사장의 말 한마디에 코칭스태프들은 피식 웃음을 터뜨렸다.

염소의 저주라는 무시무시한 압박 속에 1908년부터 단 한 번도 우승하지 못했었다.

그러던 도중 테오 엡스타인 사장이 부임하고 그걸 끊는 데 성공했다.

"고작 한 번 우승하려고 그 노력을 퍼붓지는 않았습니다."

그는 아직도 우승을 갈망하고 있었다.

"이번 시즌에 반드시 우승합시다."

팀, 나, 그리고 우승

9월 7일 콜로라도 로키스와의 경기는 무난하게 끝났다.

시카고 컵스에게 남은 경기는 이제 18게임뿐이었다.

그런데 일정을 확인해 보니 난감한 일이 생겨 있었다.

코치진도, 선수들도 일정을 확인하면서 헛웃음을 지었다.

"하필이면 지구 우승을 결정짓는 데 장애물이 생겼네."

"난 이미 알고 있었지."

"잘났다. 저딴 걸 장애물이라고 할 것 있어? 오히려 잘됐지."

선수단은 걱정 반 기대감 반으로 일정을 보면서 히죽거렸다.

현재 지구 1위는 시카고 컵스로, 144경기를 치른 지금 88승
56패를 거두고 있었다.

2위로 뒤를 쫓고 있는 세인트루이스 카디널스는 145경기 84승

61패였다.

경기차는 4.5경기.

쉽게 뒤집을 수 없는 차이이긴 했어도 일정상 뒤집기가 가능했다.

"어떻게 원정 4연전을 하고 시즌 최종전이 홈에서 3연전이냐."

하필 세인트루이스 카디널스와 남아 있는 경기가 무려 일곱경기나 있었다.

9월 10일부터 카디널스의 홈 부시 스타디움에서 원정 4경기를 치른다.

그리고 시즌 최종전이 시작되는 9월 25일부터 3일간 컵스의홈 리글리 필드에서 카디널스와 3연전을 치른다.

*   *   *

이렇게 생각할 정도로 절묘한 일정이었다.

상진도 시즌 막판 일정을 살펴보면서 새삼스레 감탄했다.

'이것도 나름대로의 운명일까. 메이저리그 사무국이 라이벌전을 시즌 최종전으로 미뤄 놓은 것도 흥행에 대한 신의 한 수일지도 모르지.'

적어도 시즌 마지막에 라이벌끼리 붙게 된다면 승차가 벌어져 있다고 해도 자존심 때문에 전력을 다할 수밖에 없다.

덤으로 지금의 컵스와 카디널스처럼 승차가 5경기 정도 나는 정도라면 연전으로 어떻게 될지 알 수 없었다.

"그래도 일정상 내가 카디널스와의 경기에 두 번은 출전할 수 있겠네."

"네가 두 경기 잡아내면 우리도 여유 있게 우승할 수 있겠지."

"제발 맨 마지막 경기에서 우승이 가려지지만 않으면 좋겠다."

그래도 남아 있는 일정이 생각보다 수월해서 다행이었다.

카디널스와의 경기 외에 다른 일정은 전부 무난한 팀과의 대전뿐이었다.

"아무튼 재미있게 됐네. 설마 잘못해서 카디널스한테 패하는 일은 없겠지."

최종전에서 만난 라이벌 팀에게 패해 지구 2위로 내려앉는다.

이런 일은 상상조차 하기 싫었다.

그냥 우승을 놓치는 게 아니라 홈 3연전에서 패해 라이벌 팀에게 지구 우승을 넘겨준다면 팬들의 비난이 얼마나 쏟아질지.

생각만 해도 끔찍했다.

"자, 아직 콜로라도와의 연전이 끝나지도 않았는데 벌써 카디널스와의 경기를 걱정하나? 오늘 있을 경기부터 준비해라."

데이비드 로스 감독은 여유 있는 얼굴로 선수들을 다그쳤다.

오늘과 내일까지, 콜로라도 로키스와의 경기는 두 번이나 남아 있었다.

시즌이 끝난 후를 생각하는 건 코칭스태프들로 충분했다.

＊　　　　＊　　　　＊

데이비드 로스 감독의 얼굴이 일그러졌다.

콜로라도 로키스와의 3연전을 모두 승리로 장식하고 기분 좋게 카디널스의 홈 부시 스타디움으로 향했었다.

그런데 이건 아니었다.

"정신 똑바로 못 차리나!"

아무리 원정이라고 해도 세인트루이스 카디널스에게 패배하는 것이 용납되지 않았다.

그만큼 시카고 컵스가 카디널스에게 갖고 있는 라이벌 의식은 어마어마했다.

"우우우우!"

"너네가 야구를 하는 거 맞냐?"

"한심하다! 한심해! 때려치워라!"

팬들의 경우는 더했다.

시즌 마지막에 다다라 지구 2위 경쟁을 하는 라이벌 팀에서 2연패를 헌납하는 것은 팬들에게 있어서 지구가 멸망하는 것보다 더 큰일이었다.

"벌써 3점이나 내줬나."

"2선발이라고 할 수 있는 카일 헨드릭스가 이 정도로 고생이라니."

이게 전부 세인트루이스 카디널스의 3번타자, 토니 스미스 때문이었다.

지난번에 이상진이 무척이나 경계하기에 그만한 선수인가 싶었다.

그런데 이번 원정에서 컵스는 토니 스미스에게 된통 당하고 있었다.

"어제는 호세 퀸타나가, 오늘은 카일이. 토니 스미스라는 선수 하나한테 너무 시달리는군."

"9타석 6안타 2홈런이니 할 말이 없죠."

컵스를 상대로 이번 시리즈에서 6할이 넘는 고타율을 자랑하고 있었다.

게다가 토니 스미스의 올해 타율은 3할 8푼 7리.

내셔널리그 2위인 밀워키 브루어스의 크리스티안 옐리치를 압도적인 차이로 따돌리고 올해의 타율 부문 타이틀을 이미 확정 지은 지 오래였다.

"결국 내일 이상진에게 기대해 봐야 하는 건가?"

원래 원정 4경기 중 3번째는 존 레스터가 출장할 예정이었다.

하지만 오늘까지 연패한다면 이걸 끊어 주는 게 중요했다.

데이비드 로스 감독은 연패를 막아 줄 스토퍼로 이상진을 신뢰했다.

"이상진에게는 알려줬나? 갑자기 로테이션을 바꿔서 미안한데."

"물어봤더니 괜찮다고 하더군요."

"그래도 모레로 알고 준비하고 있었을 텐데. 혹시라도 리듬이 깨지지 않을까 걱정되는군."

이상진을 믿지 못하는 게 아니었다.

하지만 이런 사소한 변수 때문에 선수가 급격히 무너지는 것을 몇 번이나 봤다.

이렇게 갑자기 일정이 바뀐다면 걱정했던 사태가 벌어지지 않으리란 보장은 없다.

언제나 조심, 또 조심해야 했다.

"그럼 모레 경기는 존 레스터가 등판하는 걸로 말해 두겠습니다."

"하루 미뤄지게 돼서 존에게도 미안하군."

고개를 끄덕인 감독은 다시 경기장으로 시선을 돌렸다.

그리고 짜증스러운 얼굴로 투수 교체를 지시했다.

이대로 점수를 더 내주지 않는다면 역전할 수 있었다.

투수들을 좀 무리시켜서라도 오늘 경기는 반드시 잡고 싶었다.

─안타! 안타입니다! 토니 스미스의 우중간을 가르는 3루타!

─누상에 있던 주자들을 전부 싹쓸이합니다! 단숨에 점수가 5점 차로 벌어집니다!

하지만 역시 마음대로 되지 않았다.

*　　　　　*　　　　　*

카디널스와의 경기에서 연패한 컵스의 분위기는 축 처졌다.

그에 반해 연승을 달린 카디널스는 축제 분위기였다.

하지만 다음 날 경기장의 분위기는 어제까지와 달랐다.

"오늘은 좀 잡아 보자!"

"컵스 상대로 2연승 했잖냐!"

바로 원정 3경기째에 등판하는 투수 때문이었다.

이상진의 이름이 등장한 순간 세인트루이스 카디널스의 팬들은 전부 실망했다.

올해 이상진이 등판한 경기에서 승리를 거둔 팀은 단 하나도 없었다.

내셔널리그에서도, 아메리칸 리그에서도, 현재 승률 1위를 달리고 있는 LA다저스마저도 승리하지 못했다.

무패의 투수이자 승리의 보증수표.

그게 바로 이상진이었다.

"연패는 끊어졌다!"

"오늘 승리 확정이다! 미리 술 시켜 놓자!"

반대로 컵스 팬들은 전부 환호하며 벌써부터 승리의 미주를 준비하고 있었다.

부시 스타디움에 입장하지 못한 컵스 팬들은 각자 술집에서 대기하며 경기 중계를 기다렸다.

"낮부터 뭐 하는 짓인지."

"그런데 너 괜찮냐? 요새 살이 좀 빠진 것 같다?"

"음? 그래?"

상준은 영호가 저승에 돌아가 버리고 먹는 것을 직접 알아서 챙겨 먹고 있었다.

물론 구단에 요청해서 임시로 매니저를 하나 고용하긴 했지만 영호가 챙겨 주는 것보다는 못했다.

조나단의 걱정에 상진은 가볍게 웃어넘겼다.

"컨디션은 언제나와 똑같은데?"

"그러면 상관없고. 안 그래도 로테이션을 하루 앞당겨서 혹시라도 컨디션에 문제가 있는 건 아닌가 했지."

"괜한 걱정이야."

어젯밤 잠도 제대로 잤고 먹을 것도 제때 챙겨 먹었다.

다만 시켜 먹은 음식이 생각보다 좀 짜서 입맛에 맞지 않았다는 것 정도만이 불편했다.

그것 말고는 컨디션은 완벽했다.

"그나저나 토니 스미스가 날아다니네. 네가 경계했던 게 이해될 정도야."

"내 눈은 정확하다니까. 어쨌든 간에 그놈은 오늘 내가 제대로 봉쇄할 테니까 타자들은 점수를 내는 데 신경 쓰라고."

"젠장, 이틀 동안 4점밖에 내지 못해서 체면은 구길 대로 구겨 놨으니 이거 원."

"너는 출전 안 했잖아. 벤치에서 구경만 하고 있던 주제에."

이상진의 전담 포수라 다른 경기에는 거의 출전하지 않던 조나단은 히죽 웃으면서 상진의 옆에 앉았다.

"요샌 참 마음먹은 대로 움직여지지가 않아. 나도 늙은 걸까?"

"늙었다는 소리를 하고 있네. 프레이밍도 그대로고 타격도 커리어 하이를 찍고 있으면서?"

상진의 말대로 조나단 루크로이는 올해 커리어 하이였다.

작년에 당했던 부상 여파는 아무렇지도 않다는 듯 3할에 가까운 타율을 기록했다.

그리고 홈런도 가장 많았던 2016년의 24개를 뛰어넘어 26개째를 쳐 내는 중이었다.

"그래도 느껴지는 게 있어서 그래."

왠지 오늘따라 조나단의 목소리가 진지해서 상진은 농담처럼 받아 주던 걸 멈추고 그를 뚫어져라 바라봤다.

"네가 약한 소리를 하는 건 처음인데?"

"예전보다 체력 회복에 드는 시간이 점점 늘어나고 있어. 딱 올해 커리어 하이를 기록한다고 해도 내년부터는 하락세를 벗어나기는 힘들 것 같아."

나이를 먹었으면 하락세는 당연히 찾아온다.

이걸 확실하게 느끼는 선수도 있는가 하면 어느 순간 노쇠화된 자신에 당황해하는 선수도 있다.

조나단은 어느 순간 지쳐 버린 자신을 깨닫고 있었다.

시즌을 치르는 게 힘들다고 느낀다면 아마 내년에는 조금 더 이른 시기에, 후년에는 그보다 더 일찍 체력적인 문제가 생길 것이다.

"그래도 내 전담 포수는 해 줘야지."

"당연히 그래야지. 이적하지 않는 한 네 전담은 나다."

우울한 얘기는 여기에서 끝이었다.

자리를 털고 일어난 상진은 가볍게 허리와 목 근육을 풀었다.

뚜둑거리는 소리와 함께 온몸의 근육을 예열하기 시작한 상진은 저쪽에서 나타난 토니 스미스를 발견하고 인상을 썼다.

"납셨군."

"2연전 하는 동안 10타수 7안타의 주인공이지. 미친 거 같지 않냐? 마치 마지막 4할 타자라고 불리던 테드 윌리엄스가 재림한다면 저렇지 않을까 싶다."

테드 윌리엄스.

2차 세계대전 때 한창 주가를 올리던 그는 선수 생활의 5년 반이라는 시간을 군대에서 보냈어도 엄청난 기록을 세워냈다.

그것 중 하나가 바로 1941년에 세운 4할 6푼이라는 타율이었다.

하지만 상진이 테드 윌리엄스를 높이 평가하는 건 최후의 4할 타자라는 것 때문만은 아니었다.

"테드 윌리엄스의 대단한 점은 교타자임에도 장타력이 무척 좋았지. 그리고 난 그게 존경스럽더라."

"뭐야? 테드 윌리엄스에 대해서 자세히 아나 봐?"

"물론. 메이저리그의 전설 중 하나니까. 그리고 그가 정말로 대단한 건 한 시즌을 제외하고 전부 3할 이상의 타율을 기록한 거고."

그의 무서운 점은 바로 꾸준함이었다.

특히 만 40세가 넘은 후 3할 달성에 실패하자 은퇴 권유를 거부하고 다시 3할을 친 다음 은퇴한 일화는 유명했다.

"토니 스미스는 지금 뛰어나긴 하지만 앞으로도 그러리란 법은 없어. 그리고 4할을 달성한다고 해도 달라질 건 없어."

"어째서?"

상진은 이를 드러내며 사납게 웃었다.

그 미소 안에는 자신의 실력을 절대적으로 믿는 신뢰, 자신감, 그리고 무엇보다 토니 스미스에게 질 수 없다는 투쟁심이 깃들어 있었다.

"그 녀석은 나한테서 1할도 칠 수 없을 테니까."

＊　　　　　＊　　　　　＊

경기가 시작됐다.

1회 초 시카고 컵스의 공격이 무력하게 끝나고 마운드에 오른 상진은 가볍게 팔을 풀었다.

그리고 공은 어느 때보다 더욱 강력했다.

"스트라이크! 타자 아웃!"

[타자 포인트 181을 포식하였습니다.]

"아웃!"

[타자 포인트 177을 포식하였습니다.]

[상한선을 달성하여 코인을 1개 획득하였습니다.]

단숨에 타자 두 명을 제압한 상진은 숨을 고르며 1회에 올라온 마지막 타자를 노려봤다.

선두 타자에서 어느새 세인트루이스 카디널스의 3번 타자로 올라온 토니 스미스였다.

그리고 이상진은 이를 악물며 있는 힘을 다해 공을 던졌다.

토니 스미스.

현재 메이저리그 최고의 투수가 이상진이라면 최고의 타자는 바로 그였다.

하지만 아무리 그래도 이건 예상 외였다.

"파울!"

초구는 파울이었다.

토니 스미스도 초반부터 준비를 해 뒀는지 초장부터 치고 나왔다.

그나마 구위로 어떻게든 밀어내서 파울이 됐다.

'역시 쉽지 않은데?'

시스템을 보유하고 있는 선수답게 온갖 치트는 다 갖고 있을 것이다.

그동안 맞대결을 하면서 그가 보유하고 있는 스킬이 무엇인지 눈치챘다.

콘택트 능력이나 힘을 향상시켜 주고 어떻게든 공을 맞히게 하는 스킬들.

어떻게든 스트라이크를 넣게 만들어 주는 자신의 스킬들과 정반대의 효과였다.

'창과 방패의 대결이라는 거지.'

여태까지는 상진의 스킬이 우세를 점하고 있었다.

단 한 번도 토니 스미스에게 패하지 않은 경험이 있지만 언제 어떻게 바뀔지 모르는 상대였다.

방심은 금물이었다.

"파울!"

토니 스미스는 상진이 던진 공을 연속으로 걷어 냈다.

'아슬아슬한 코스로 집어넣었는데 그걸 걷어 내나?'

2구 다 투심 패스트볼로 던졌는데 몸에 바짝 붙여서 던진 공을 전부 걷어 냈다.

상상을 초월하는 타격 능력에 상진은 혀를 내두르며 다음 공을 신중하게 골랐다.

'지난번보다 더하네. 이렇게 답 없는 경우는 정말 오랜만인데?'

지난번에는 어떻게든 스트라이크존을 뚫을 수 있었다.

그런데 오늘은 어느 코스로 던지든 간에 전부 쳐 낼 것 같은 기분이 들었다.

그래서 공을 던지기 더욱 까다로웠다.

"파울!"

3구째도 또다시 걷어 냈다.

이상진 이상으로 자리에 앉아서 그의 공을 받던 조나단도 눈을 동그랗게 떴다.

이 정도로 이상진과 대결을 벌인 타자는 존재한 적이 없었다.

"타임!"

그래서 조나단은 바로 타임을 외치고 마운드로 향했다.

혹시라도 흔들렸을지 모르는 이상진을 다독여 주기 위해서였다.

하지만 마운드 위에 서 있는 포식자는 생각보다 담담한 얼굴이었다.

"뭐야? 생각보다 표정이 좋다?"

"어차피 예상했던 일이니까. 토니 스미스는 그럴 만한 가치가 있는 선수고."

"테드 윌리엄스의 수식어 앞에 20세기라는 호칭을 붙여 줄 수 있고?"

"그건 또 언제 생각해 뒀대."

투덜거리면서도 상진은 이를 드러내며 웃었다.

약간 날카로운 송곳니가 드러나 사나운 맹수와 같은 미소.

그걸 보면서 조나단은 다시 한번 놀랐다.

상진은 종종 저런 표정을 보이곤 했었다.

하지만 오늘처럼 진한 미소는 처음이었다.

"그래서 어쩔 거야?"

"뭘 어째? 파울이 3개나 나왔지만 카운트는 나한테 유리해. 투 스트라이크 노 볼. 딱히 꿀릴 이유는 없어."

조나단은 멋쩍게 미소를 지었다.

토니 스미스가 3개나 파울로 걸어 내서 동요한 건 이상진이 아니었다.

바로 자신이었다.

"하, 괜히 올라왔잖아?"

"오히려 좋지. 네가 동요하면 사인 주고받는 것도 지장이 생기니까."

위로해 줄 생각으로 마운드에 올라왔더니 오히려 역할이 반대가 됐다.

상진은 웃으며 머쓱해하는 조나단의 어깨를 두드렸다.

"다음 공으로 잡을 테니까 돌아가."

"젠장, 믿어 본다."

조나단이 포수석으로 돌아가자 상진은 숨을 가다듬었다.

요 근래 스킬을 쓰지 않아도 경기당 삼진을 10개 이상씩 잡아내고 있었다.

이대로 간다면 삼진 기록도 순위권에 들 것이 분명했다.

[먹을 때는 개도 안 건드린다] 스킬은 처음에 삼진을 잡기 위해서 마련된 것이라 생각했었다.

하지만 지금은 달랐다.

일반적인 타자를 삼진으로 잡아내기 위해서가 아닌, 바로 토니 스미스를 삼진으로 잡아내기 위해 주어진 스킬이 아닐까 하는 생각이 들 정도였다.

[〈먹을 때는 개도 안 건드린다〉 스킬을 발동합니다.]

가끔 이런 질문을 받은 적이 있었다.

이상진에게 있어서 가장 자신 있는 구종이 무엇인가.

사실 생각해 보면 난해한 질문이었다.

프로로 데뷔해서 지금까지 던져 왔던 구종 중에 가장 많이 던진 건 커브였다.

그리고 부상 이후에 가장 많이 던진 건 체인지업과 슬라이더.

시스템을 얻은 후, 가장 많이 던진 건 투심 패스트볼이었다.

그 이후 메이저리그에 진출하자 포심 패스트볼과 투심 패스트볼을 주로 던져 왔다.

보유하고 있는 모든 구종을 고루고루 던져 왔기에 가장 자신 있는 게 무엇인가 고민될 정도였다.

하지만 가장 애착 가는 구종은 있었다.

"스트라이크! 타자 아웃!"

슬라이더가 스킬의 효과를 받아 예리한 곡선을 그리더니 순식간에 토니 스미스의 배트를 스쳐 지나갔다.

파울팁으로 포수의 미트에 파고든 공의 묵직함은 평소 공을 받던 조나단도 움찔할 정도였다.

'이 자식은 정도를 모르네?'

토니 스미스를 잡아낸 마지막 공의 위력은 어마어마했다.

조나단은 혀를 내두르며 자리에서 일어났다.

이제는 점수를 낼 시간이었다.

*　　　*　　　*

김강현은 조금 아쉬웠다.

이상진이 내일 등판이었다면 또 한 번의 맞대결을 펼칠 수 있었다.

그런데 이상진의 선발 일정이 조율되면서 엇갈리고 말았다.

"오우, 이런! 역시 리는 달라!"

더 웃긴 건 타석에서 아웃을 당하고 돌아온 토니 스미스의 반응이었다.

돌아와서 이상진을 칭찬하며 오히려 들떠 보이는 그의 반응에 김강현은 피식 웃고 말았다.

토니 스미스는 팀의 분위기 메이커였다.

팀이 침체되어 있어도 그는 언제나 밝은 얼굴이었고 투수와의 승부를 즐겼으며 자신이 원하는 타이밍에 안타를 쳐 내는 능력을 갖고 있었다.

그의 활약에 김강현도 올해 13승을 거두는, 기대 이상의 성적을 거둘 수 있었다.

"그렇게 좋아?"

"당연하지! 리의 공은 메이저리그 최고니까! 저걸 쳐 내는 거야말로 내 목표야!"

가장 큰 장점은 저렇게 아웃을 당하고 돌아와도 의기소침하지 않는단 점이었다.

　수비를 하기 위해 나갈 준비를 하면서도 쉴 새 없이 떠드는 입담에 팀원들의 입가에는 미소가 떠올랐다.

　"어이, 토니! 정신 똑바로 차려! 오늘 텐션이 너무 높다!"

　"무슨 말씀이세요, 감독님! 저는 늘 이랬다고요!"

　싱글벙글 웃는 토니를 바라보면서 한숨을 쉰 마이크 쉴트 감독은 포수인 야디어 몰리나를 바라봤다.

　하지만 야디어 몰리나도 싱글벙글 웃고 있었다.

　"그냥 놔두죠."

　"저 녀석 텐션이 너무 높아서 그렇지."

　"하지만 팀에 마이너스적인 요소는 아니니까요. 분위기는 좋지 않습니까?"

　분위기를 너무 하이텐션으로 바꿔 놓는다는 게 문제였다.

　마이크 쉴트 감독은 어깨를 으쓱하면서 고개를 젓고는 손짓을 했다.

　몸짓만으로 하고 싶은 말을 다 하는 그의 모습에 카디널스 선수들은 전부 웃음을 터뜨렸다.

＊　　　　＊　　　　＊

　"쉽게 되지는 않네."

　"아무래도 상대도 1선발이니까."

자신이 등판했듯이 카디널스에서도 1선발 잭 플라허티가 등판했다.

사실 카디널스는 이상진을 피하기 위해 잭 플라허티를 오늘 배치했다.

정상적인 로테이션이라면 상진은 내일 등판해야 했기에 그걸 피하기 위해서였다.

상진은 3회까지 피안타 하나 없이 완벽하게 카디널스의 타선을 막아 냈다.

그와 마찬가지로 잭 플라허티 역시 컵스의 타선을 단 1피안타로 막아 내는 데 성공했다.

"여러모로 골치가 아프군."

데이비드 로스 감독도 잭 플라허티에게 꽁꽁 묶여 있는 타선을 어떻게 폭발시킬까 고민이었다.

앤서니 리조가 쳐 낸 안타 하나 외에는 아무것도 없었다.

작년에 단 6명뿐이었던 내셔널리그 평균 자책점 2점대의 투수다웠다.

"오늘 긁히는 날인가 보네요. 슬라이더가 무척 위력적인데요?"

"너도 아웃당한 녀석이 말이 많다."

"뭘요. 쳐 낼 수가 없던걸요."

애초에 원아웃인 상황에서 올라갔던 터라 앞에 주자도 없고 번트로 진루타를 만들 수도 없었다.

그리고 스킬을 쓰더라도 칠 수 없는 공이라는 걸 알았기에 상진은 일단 타격을 자제했다.

긴 이닝을 던지기 위해서는 쓸모없는 체력 소모는 배제해야 했다.

"슬라이더를 주력으로 던지기에 슬라이더를 노리도록 지시를 해 뒀는데."

슬라이더를 노리는데 슬라이더를 쳐 낼 수가 없다니.

데이비드 로스 감독으로서도 골치가 아픈 상황이었다.

"그래도 걱정하진 마세요. 잭 플라허티의 이닝 소화는 6이닝까지잖아요?"

이상진의 웃는 얼굴에 감독은 그나마 안심할 수 있었다.

야구는 점수를 내야지만 이길 수 있는 게임이다.

하지만 반대로 점수를 내주지 않는다면 지지 않는 게임이다.

최소한 패배하지 않도록 만들어 주는 철벽의 투수가 눈앞에 있는데 두려울 건 어디에도 없었다.

"네가 있어 줘서 정말 다행이다."

"저를 영입한 엡스타인 사장님께 감사를 표하시죠."

어느새 4회 초 컵스의 공격이 끝나가고 있었다.

마지막 타자로 나온 앤서니 리조가 중견수 플라이로 아웃되는 광경을 보며 상진은 글러브를 챙겨 자리에서 일어났다.

"저는 제가 지금 몸담고 있는 팀을 위해 최선을 다할 뿐입니다."

*   *   *

4회 말 등판한 상진은 다시 1번 타자 토미 에드먼과 2번 타자 맷 카펜터를 손쉽게 제압했다.

그리고 3번으로 등장한 토니 스미스를 바라보던 상진은 조나단을 불렀다.

"뭐야? 왜 불러?"

"재미있는 게 생각나서."

"재미?"

상진은 글러브로 입을 가린 채 이야기를 꺼냈다.

그걸 듣자마자 조나단은 펄쩍 뛰며 눈을 동그랗게 떴다.

"기록은 어쩌고?"

"기록 따윈 상관없어. 어쨌든 오늘은 이기는 게 중요하잖아?"

"그러면 다른 사람들이 손가락질할 텐데?"

"그것도 상관없어. 어차피 여태까지는 내가 이겼잖아? 오늘 하루쯤 이렇게 한다고 해서 나쁠 것도 없고."

어차피 기록도 언젠가는 끊어지게 된다.

이쯤 됐으면 너무 독보적이라 한숨이 나올 정도였다.

조나단은 한숨을 내쉬고는 어깨를 으쓱했다.

"네 판단에 전부 맡기지. 어차피 이겨야 하니까."

타석에서 기다리고 있던 토니 스미스는 대체 투수와 포수가 뭘 속닥거리는지 알 수 없었다.

이번 타석에서만큼은 반드시 쳐 내겠다며 이를 갈고 있었기에 그런 걸 신경 쓸 겨를도 없었다.

이상진에 대한 호승심으로 타석에 서 있는 토니 스미스에게 지금과 같은 자리에서 그와의 승부하는 게 무척이나 즐거웠다.

그래서 토니 스미스는 분노했다.

"볼!"

초구는 볼이었다.

여기까지는 그렇다 치는데 두 번째 공 역시 아래로 뚝 떨어지는 체인지업.

그리고 볼이었다.

"볼!"

당황스러웠다.

그동안 자신이 도전하면 피하지 않고 정면으로 맞서줬다.

그런데 지금은 전혀 달랐다.

"볼!"

이렇게 연속으로 볼을 던지는 투수가 아니었다.

토니 스미스는 갑자기 변한 이상진의 스타일에 당황했다.

이대로 베이스 온 볼스로 자신을 1루로 내보낸다면 퍼펙트가 깨지게 된다.

그것도 그거지만 무엇보다 120이닝 넘게 만들어 놓은 연속 무볼넷 이닝 기록이 멈추게 된다.

"볼!"

벌써 볼이 세 개째 들어왔다.

이대로 베이스 온 볼스를 받고 1루에 나가야 한다는 사실이 마음에 들지 않았다.

3볼이 만들어지자마자 토니는 당황하며 손을 들어 타임을 요청했다.

심판이 그걸 받아들이자 타석에서 벗어난 토니는 마운드 위의 이상진을 노려봤다.

'네가 제일 싫어하는 게 이런 거겠지.'

승부를 즐기는 토니 스미스가 가장 싫어하는 짓.

그건 바로 이상진이 승부를 피하는 일이었다.

타임이 끝나고 다시 타석에 들어서도 마찬가지였다.

이상진은 진지하게 토니 스미스와 승부할 생각이 없었다.

"베이스 온 볼스!"

1루로 나가는 토니 스미스를 외면하며 상진은 미소를 지었다.

*   *   *

이상진의 예상대로 잭 플라허티는 이닝이 지날 때마다 구위가 떨어졌다.

무엇보다 슬라이더의 예리함이 조금씩 떨어져 갔다.

7회 초에 등판한 잭 플라허티는 순식간에 4안타를 맞으며 강판됐다.

이후에 등판한 불펜진이 점수를 내주진 않았지만 이미 3점 차로 벌어져 버렸다.

"타자는 한 경기에 최소 세 번은 올라오게 되지."

1회에 한 번, 4회에 한 번.

그리고 7회가 된 지금 7회 말 공격에 카디널스의 선두 타자로 나온 선수를 보며 상진은 이를 드러내고 웃었다.

자신을 잡아먹으려는 듯, 평소에 미소를 지으며 경기를 즐기던 표정은 온데간데없이 사납고 화가 잔뜩 난 맹수 같은 얼굴이었다.

"승부를 피하니까 화가 났나?"

화를 돋우는 건 아까 한 번뿐이면 족했다.

홈런을 맞는다고 해도 이미 3점이나 났으니 여유는 있었다.

"걱정하지 마라. 이번에는 도망칠 생각은 없다."

오늘 별다른 변수가 없다면 토니와 자신의 마지막 승부가 될 타석이다.

이상진은 토니 스미스를 또다시 피하지 않고 찍어 누를 생각이었다.

토니 스미스의 텐션은 언제나 높았다.

스킬에 제한 횟수가 있어서 언제나 강렬한 타격을 보여 주지는 못했어도 4할에 육박하는 타율을 기록하며 타율 2위와 6푼이나 차이를 벌려 놓기까지 했다.

특히 그는 이상진과 승부를 하면 늘 즐거웠다.

'그런데 그걸 망쳐 놨어.'

자신과의 승부를 피했다는 사실이 무척이나 충격적이었다.

이상진이 승부가 아니라 승리를 추구한다는 걸 알고 있긴 했어도 그동안 피한 적은 단 한 번도 없었다.

'이번에 또 피하려고 한다면 내가 판을 만들어 주마.'

초구는 또다시 볼이었다.

스킬을 통해 공이 날아오는 궤적을 읽어낼 수 있는 토니 스미스는 이를 악물고 배트를 휘둘렀다.

그는 볼로 날아오는 공에 대해서는 결코 배트를 내지 않는 타자였다.

하지만 오늘만큼은 이래야 했다.

승부를 즐기기 위해서는 다소의 합리성 따윈 버리고 싶었다.

"스트라이크!"

마운드 위에 있는 이상진의 눈썹이 꿈틀거렸다.

이번에는 바로 전의 타석을 다시 떠올려 도발하려는 생각으로 볼을 던졌다.

아슬아슬한 코스였지만 토니 스미스라면 정확하게 코스를 읽으리란 계산도 있었다.

그런데 휘둘렀다.

마치 공이 어디로 가든 상관없다는 듯한 성의 없는 스윙이었다.

"이것 봐라?"

의도는 뻔했다.

상진은 입꼬리를 올리며 2구째를 던졌다.

아슬아슬하게 바깥쪽으로 빠져나가는 공이었고 토니 스미스는 이번에도 성의 없이 배트를 휘둘렀다.

"스트라이크!"

상진은 고개를 돌려 전광판을 흘끗 바라봤다.

전광판에 들어와 있는 노란색 불 두 개는 헛것이 아니었다.

그리고 저건 도발이었다.

자신보고 도망치지 말라는 도발.

헛스윙까지 하면서 일부러 투 스트라이크까지 맞춰 주는 것은 도발이었다.

'판을 깔아 줬으니 도망치지 말라는 건가?'

애초에 도망칠 생각도 없었고 초구로 볼을 던진 건 다시 한번 탐색해 보기 위해서였다.

그런데 알아서 투 스트라이크까지 갖다 바쳐 주니 이렇게 고마울 데가 없었다.

'원하는 대로 해 주기 싫어서 한 번쯤은 걸러 줬더니 이렇게 알기 쉽게 화를 내다니.'

도발에 걸려 든 것은 자신이 아니라 토니 스미스였다.

승부를 즐기다가 한 번 거부당한 것에 꼭지가 확 돌아 버린 토니 스미스는 알아서 투 스트라이크까지 카운트를 갖다 바쳤다.

이렇게 어리석은 승부가 또 있을까.

'승부는 즐기는 게 아니지. 즐기려고 승부하는 사람이 있을까? 이기려고 승부를 하는 거지.'

그래서 이상진은 이기기 위한 승부를 했다.

토니 스미스와 장단을 맞춰 줄 생각은 없었다.

오늘 허락된 두 번의 스킬 중 한 번은 이미 사용했다.

그리고 지금 이 순간, 상진은 다시 한번 스킬을 꺼내 들었다.

[〈한계 돌파〉 스킬을 사용합니다.]

[7회부터 경기가 끝날 때까지 체력을 소모하여 능력을 한계 이상으로 끌어올립니다.]

[〈먹을 때는 개도 안 건드린다〉 스킬을 사용합니다.]

공을 쥐어 보며 느껴지는 그립감에 미소가 절로 나왔다.

가운뎃손가락을 실밥과 나란히 잡고 검지를 옆에 붙이며 꽉 눌러 쥐는 슬라이더 그립.

이제는 웬만한 변화구도 150킬로미터 이상이 나오곤 했다.

방금 전에 던진 슬라이더의 속도도 그만큼 나오는 듯싶었다.

토니 스미스는 스트라이크존 한가운데를 노리듯 날아가는 슬라이더를 향해 배트를 힘차게 휘둘렀다.

주인의 의지에 따라 배트가 정중앙에 공을 맞히기 위해 움직였다.

딱! 퍼억!

바깥쪽으로 빠지던 공이 배트의 끝에 맞아 앞으로 뻗어 나갔다.

"아웃!"

토니 스미스가 쳐 낸 공은 1루 쪽 파울 라인으로 날아가 1루수 앤서니 리조의 글러브 안으로 빨려 들어갔다.

상진과 눈이 마주친 그는 엄지손가락을 치켜들며 씩 웃어 보였다.

투수에게는 수비가 있다.

제대로 잡아 준 앤서니에게 감사를 표한 상진은 분통을 터뜨리며 벤치로 돌아가는 토니 스미스를 바라봤다.

*   *   *

"이런 빌어먹을!"

토니 스미스가 이렇게 화를 내는 모습은 처음이었다.

첫 타석에서 히죽거리며 돌아온 그는 두 번째 타석에서 얼굴이 굳더니 세 번째에는 분노를 터뜨렸다.

벤치의 분위기 메이커 역할을 해 주던 토니 스미스가 저렇게 화가 잔뜩 나 있으니 분위기도 함께 가라앉았다.

"난감하군. 저래서야 내일 경기에도 지장이 있겠어."

"저런 게 이상진이죠."

"무슨 뜻이지?"

마이크 쉴트 감독은 옆에서 중얼거리는 김강현의 말에 되물었다.

김강현은 쓴웃음을 지으면서 한국에서 겪었던 경험담을 털어놨다.

이상진이 어떤 식으로 경기를 운영하는지, 어떤 식으로 상대를 자극하는지.

그걸 전부 들은 감독은 김강현과 똑같은 표정을 지었다.

"저걸 다 계산하고 하는 짓인가?"

"전부 다는 아닐 겁니다."

김강현은 예전에 봤던 타자들의 반응을 떠올리며 고개를 절레절레 저었다.

"저 녀석은 상대가 싫어할 짓이 무엇인지 파악하는 데 천부적인 재능이 있죠. 자신보다 강한 상대를 도발하고 자극해서 제 실력을 발휘하지 못하게 심리전을 걸어오고요."

"마운드 위에서만 그런 게 아니었군."

"원한다면 타자뿐만이 아니라 상대 팀의 투수, 그리고 벤치까지 뒤흔들 수 있죠. 바로 이렇게요."

토니 스미스를 뒤흔들어 놓고 분위기 메이커 역할을 해 주던 그의 텐션이 낮아지자 카디널스의 벤치도 흔들리기 시작했다.

게다가 오늘은 연승까지 끊겨 버렸고 선발 로테이션에서 1선발까지 소모해 버렸다.

이상진이 원하든 원하지 않든 간에 카디널스의 모든 리듬이 박살 나 버렸다.

"1승이 중요한 시기이거늘."

와일드 카드를 뽑는 건 승률로 이루어진다.

각 지구별 2위라고 해도 승률이 낮다면 와일드 카드 게임을 치를 자격을 얻을 수 없다.

세인트루이스 카디널스의 입장에서는 시카고 컵스를 잡고 지구 우승을 노리는 게 가장 좋은 방법이었다.

하지만 우승을 노릴 수 없다면 승률이라도 챙겨 놔야 하기에 컵스에게 당하는 1패는 뼈아플 수밖에 없었다.

"라인업을 대거 교체한다."

오늘 경기에서 입을 대미지를 최소화하고 내일까지 이어지지 않게 끊어야 한다.

마이크 쉴트 감독은 다시 겪어도 난감한 상황에 한숨을 쉬면서 헝클어져 버린 내일의 계획을 다시 정비하기 시작했다.

"와아아아!"

그 와중에도 이상진은 삼진을 잡아내고 있었다.

＊　　　＊　　　＊

「이상진 24승 달성에 힘입어 시카고 컵스, 연패 탈출」

「메이저리그 최고의 투수에 우뚝, 이상진의 성공기」

「4월부터 5달 연속 이달의 선수, 9월에는 과연?」

「지구 우승이 보인다. 이상진, 월드 시리즈에 도전한다」

「메이저리그 전문가들의 분석. 이상진, 얼마나 장수할까?」

「올해 내셔널리그 사이 영 상은 이미 정해져 있다」

세인트루이스 카디널스의 홈 부시 스타디움에서 벌어진 4연전.

여기에서 2연패 당한 컵스는 남은 두 경기에서 연승을 거두며 2승 2패로 동률을 이루는 데 성공했다.

거기에 최대 공로자가 이상진임은 너무 당연했다.

"리! 리! 리! 리!"

"사인해 주세요!"

"자, 여기 있습니다. 이름이 뭐라고?"

"존이에요! 저도 야구 열심히 하고 있어요! 저도 컵스에서 뛰고 싶어요!"

어린 컵스 팬은 이상진의 유니폼을 입고 있었다.

존이라는 어린 팬의 유니폼에 사인을 해 준 상진은 쉴 새 없이 다음 팬에게 사인을 해 주었다.

상진은 경기가 없는 날에는 팬들과 마주칠 때마다 사인을 해 줬다.

경기가 있는 날에도 여유가 있다면 컨디션에 문제가 없을 정도까지는 사인을 해 주는 편이었다.

"리! 저도 사인해 주세요!"

"미스터 리라고 적어 줘요!"

사인을 해 주고 또 해 줘도 아우성치는 팬들은 나날이 늘어나기만 했다.

메이저리그에 센세이션을 불러일으킨 무적의 투수는 매일 상종가를 경신하고 있었다.

무엇보다 상진은 9월 13일 세인트루이스 카디널스와의 경기에서 연패를 끊고 24승을 달성했다.

컵스 팬들에게는 난세를 평정하고 또다시 우승컵을 가져다 줄 영웅으로 칭송받고 있었다.

팬들이 108년이나 기다려 왔던 우승컵에 대한 갈증은 2016년

단 한 번으로 채워질 수 없었다.

그들은 저주를 끊어 준 테오 엡스타인 사장이 또다시 우승 컵을 가져와 주길 바라고 있었다.

그 선봉장은 당연히 이상진이었다.

"언제 봐도 사인 공세는 어마어마하다. 나는 오늘 몇 명 안 받아 갔는데."

"꼬우면 성적을 내든가."

"인마, 그래도 스무 명은 받아 갔어."

이상진의 압도적인 숫자와 별도로 조나단 역시 20여 명의 팬들에게 사인을 해 줬다.

둘은 투닥거리면서 다시 경기장 쪽으로 향했다.

"그나저나 너도 참 애매하게 경기를 하게 됐다."

"로키스, 카디널스, 그리고 다시 로키스하고 경기를 하게 됐네."

지난 콜로라도 로키스와 세인트루이스 카디널스와의 경기가 원정 경기였다면 이제 남은 건 피츠버그 파이리츠와의 원정 두 경기를 제외하면 전부 홈경기뿐이었다.

"맨 마지막에 카디널스와 또 붙는 게 참 재미있지."

상진은 로테이션이 제대로 돌아간다면 세인트루이스 카디널스와 또다시 붙게 됐다.

이렇게 똑같은 팀과 원정, 홈경기를 돌아가면서 하는 것도 진귀한 경험이었다.

"로테이션으로 본다면 내가 등판하는 시즌 최종전이 바로 카디널스와의 경기지."

세인트루이스 카디널스.

두 팀 간의 경기차는 2경기였다.

그 최종전에 이상진이 등판하게 됐다.

"토니 스미스가 이를 갈고 기다리겠구만."

"이번에 성질을 좀 돋워 놨으니 다음에는 칼을 갈고 오겠지."

다음에는 어떤 방법으로 열받게 만들어 볼까.

이상진의 머릿속에는 진지하게 승부할 생각 따윈 존재하지 않았다.

*   *   *

콜로라도 로키스와의 경기는 순탄하게 잘 풀렸다.

2018 시즌에 사이 영 상 후보로 거론되기까지 했던 카일 프리랜드와의 선발 대결이었지만 이상진에게는 매우 손쉬웠다.

초반부터 득점 지원에 힘입은 이상진은 승리를 거두고 메이저리그 25승을 달성했다.

「9이닝 무실점, ERA 1위는 이미 확정, 이상진은 메이저리그 몇 관왕이 될까」

「소화이닝, 평균 자책점, 탈삼진 등 모든 지표에서 우위, 사이 영 상을 타는가」

「이상진, 메이저리그 25승의 위업 달성」

「국내 야구팬들에게 꼽힌 역대 한국인 최고의 선수로 등극」
「무패의 상징, 시카고 컵스는 정말 우승할 수 있을까?」

—이상진 미쳤다!
—평균 자책점 0점대! 시즌 총 실점이 두 자릿수도 안 되다니!
—유형진 말고는 인재가 없는 줄 알았더니 상진이가 메이저 ERA 1위를 해내는구나!
—상상도 못 했다. 정규 시즌 정말 고생했고 월시 한번 도전해보자꾸나!
—어깨에 고관절에 팔꿈치까지 수술받고 재기 가능성이 1퍼센트라는 기사를 봤었다. 와! 이걸 진짜 해내고 메이저에서 이런 활약이라니!

국내 야구팬들은 이제 이상진의 경기를 기다리는 게 낙이었다.

특히 충청 호크스 팬들은 이상진에게 편지를 쓰고 선물을 보내오기까지 했다.

"이거 참 고마운데."

호크스의 아픈 손가락이었던 그가 어느새 성장해 호크스를 우승시키고 메이저에 왔다.

좋았던 시즌보다 나빴던 시즌이 더 많았던 만큼 충청 호크스 팬들이 미국까지 보내주는 선물과 응원은 너무 고마웠다.

"한국에서 온 선물이야? 무슨 먹을 게 이렇게 많아?"

"초코 과자 하나 먹을래?"

"네가 웬일로 먹을 걸 다 주냐?"

상진은 그냥 미소 지으면서 산처럼 쌓여 있는 선물들을 팀 동료들과 나눠 먹었다.

하도 먹성 좋기로 유명한 이상진이었기에 쌓여 있는 선물은 거의 대부분 과자나 유통기한이 긴 음식들이었다.

특히 한국에서 온 과자들은 맛도 좋아서 예전에도 조나단이 눈독을 들였던 것들이었다.

과자를 나눠 먹던 중 툭 하고 뭔가 떨어졌다.

"편지도 있네?"

한글을 읽지 못하는 조나단이 상진에게 내밀었다.

그걸 훑어본 상진은 피식 웃었다.

"뭐라고 써 있길래 웃어?"

"별거 아니야."

가볍게 편지를 접어서 주머니에 소중히 넣으며 상진은 중얼 거렸다.

─메이저에서도 우승해 주세요.

그건 바로 이상진의 우승을 기원하는 팬들의 편지였다.

*　　　　　*　　　　　*

"으아아악! 크아악!"

"좀 시끄럽다. 닥치고 가만히 있어!"

사신 도날드는 보기 드물게 버럭 화를 내면서 토니에게 면박을 줬다.

저러는 것도 하루 이틀이지 벌써 일주일째 성질을 부리고 있었다.

"이걸 어떻게 진정하라고요?"

"내가 늘 누누이 얘기했지? 네놈은 그 휴지 조각 같은 멘탈이 문제라고!"

토니 스미스의 가장 큰 약점은 바로 멘탈이었다.

텐션이 높을 때는 자신의 뜻대로 플레이하며 최고의 모습을 보여 준다.

하지만 마음에 들지 않은 상황이 만들어지면 한없이 텐션이 추락하고 플레이도 그와 똑같이 변한다.

"이상진하고 상대하고 싶으면 좀 진지해져! 그놈이 왜 너를 피했는지도 분석해 보고! 이렇게 화를 낸다고 뭐가 변하는데?"

영호가 상진의 매니저 및 마음을 기댈 정신적 지주였다면 토니에게는 도날드가 똑같은 역할이었다.

문제는 토니가 그의 케어를 곧이곧대로 받아들이고 정신적 안정을 취할 만한 수준이 아니란 점이었다.

"그 자식이 나와의 승부를 농락했다고요!"

"그러니까 그게 너를 도발하려고 한 짓이라니까 그러네. 너 또라이냐? 크레이지 보이?"

"도발이고 뭐고!"

도날드는 한숨을 쉬고는 특단의 대책을 마련했다.

강렬한 일격으로 토니의 뒤통수를 후려친 그는 한심스럽다는 얼굴로 토니의 멱살을 잡았다.

"이렇게 휘둘리니까 이상진이 너 싫어하는 짓만 골라서 하지! 이제 좀 정신 차리자! 어? 너는 이상진과의 승부를 내기 위해서가 아니라 팀을 위해서 뛰는 선수라고!"

도날드로서는 답답했다.

이상진은 야구 선수로 본다면 너무 완벽했다.

시스템을 통해서 뛰어난 실력을 갖춘 선수들은 너무 압도적인 실력 때문에 정신적인 면에서 취약해진다.

바로 지금의 토니 스미스처럼.

그러다 보니 과거 실력이 없던 시절에 갖고 있던 절박함, 어떻게든 이겨 보겠다는 승부욕, 그리고 지혜를 잃어버린다.

'그래도 어떻게든 해 볼 수 있다고 생각했는데.'

토니 스미스에게 처음 시스템을 줄 때만 해도 이럴 거라 생각하지 않았다.

어떻게든 메이저리그로 올라가겠다는 절박함이 마음속에 가득했었기에, 그리고 조건이 맞았었기에 시스템을 줬다.

하지만 역시 아니었다.

"똑바로 들어라. 이상진은 어떻게든 승리를 거두기 위해서 애를 쓰는 상대야. 너와의 승부 따위엔 관심이 없어."

"젠장! 그건 내 입으로 얘기했었으니 알고 있어요."

"그런데 너는 왜 그거에 집착하는데? 적어도 다른 때는 괜찮아. 네가 압살할 수 있으니까. 하지만 다른 시스템 보유자를 상대로 그런 무른 마인드가 용납될 수 있을 것 같아? 그딴 생각을 가지고 있는 한 이상진은 절대 못 이겨!"

토니는 불만스러운 표정으로 입을 다물었다.

머리로는 이해를 해도 가슴으로 납득하지 못하는 경우가 종종 있다.

그에게 있어서 이상진이란 존재가 바로 그랬다.

뛰어넘고 싶고 뛰어넘어야 하는 상대.

늘 도전하면 언제나 상대해 주고 자신의 승부욕을 충족시켜 줄 유일한 상대라고 생각했다.

그래서 이번에 볼넷으로 자신을 내보낸 짓에 배신감마저 느꼈었다.

너무 큰 배신감에 침대에 누워서도, 밥을 먹을 때도, 타석에 섰을 때마저도 자꾸 생각이 나서 견딜 수가 없었다.

"이번 시즌 마지막에 있는 컵스와의 3연전. 이상진은 콜로라도 로키스와의 홈경기에 등판하고 분명 그 3연전에 등판할 거다. 올해 이상진에게 복수할 마지막 기회야."

마음이 가라앉았다.

"이상진에게 이기는 건 단지 타석에서 해내는 것만이 아니야."

승부만이 아니라 승리를 위해서.

"그때까지 마음을 추슬러서 컵스를 꺾어. 그를 지구 2위로 내려앉히는 게 최고의 복수야."

*   *   *

세인트루이스 카디널스의 추격이 매서웠다.

6경기 동안 타율 8할을 기록한 토니 스미스의 타격이 매서울 정도였다.

도날드에 의해 정신을 차린 토니 스미스는 평소 이상의 능력을 보여 주고 있었다.

'대체 누구 짓이지? 붙어 있다는 사신인 건가? 아니면 마이크 쉴트 감독인 걸까?'

누군지는 몰라도 누군가 멘탈을 케어해 줘서 제정신을 차린 듯했다.

그날 경기가 끝나고 토니 스미스는 다섯 경기 동안 제대로 안타를 치지 못했다.

그래서 나름 안심했는데 다시 정신을 차렸다.

"카디널스의 추격이 매서운걸?"

"그래도 아직 두 경기 차이니까 괜찮아."

"그 두 경기가 참 애매하지."

아직까지 지구 우승을 확정 짓지 못한 곳은 오직 내셔널리그 중부 지구뿐이었다.

마지막에 치르는 3연전에서 카디널스에게 모두 패한다면 승률이 동률이 되어 타이브레이크를 진행해야 했다.

"재미없게 됐어."

상진은 투덜거렸고 조나단도 같은 생각이었다.

"이런 건 미리 확정 지은 다음 느긋하게 와일드카드 결정전을 구경하는 재미가 있는데."

시즌 마지막까지 힘을 빼게 생겼다.

물론 와일드카드 게임으로 쉬는 시간이 있지만 시즌 마지막까지 한순간도 긴장을 풀지 못한다는 게 아쉬웠다.

"그나저나 이제 경기당 10점씩 실점해도 평균 자책점 1위가 바뀌지 않는 우리 미스터 리께서는 기분이 어떠신가?"

이미 0점대 평균 자책점과 374개나 되는 탈삼진 기록, 그리고 그 외에 세부적인 세이버 매트릭션에서 압도적인 우위를 차지하고 있었다.

게다가 이미 콜로라도 로키스와의 경기에서 25승을 거둠으로써 최다승도 차지했다.

9이닝당 탈삼진이 14.3개 정도라 작년 아메리칸 리그의 게릿 콜이 세운 경기당 18개보다는 다소 적었다.

하지만 타격도 병행해야 하는 내셔널리그의 특성상 그 정도면 오히려 준수한 성적이었다.

"별로? 개인 타이틀은 아무래도 좋아. 어차피 내가 성적을 내면 자연스럽게 따라오는 거니까."

"너는 처음부터 그랬지. 월드 시리즈 우승이 목표라면서 주위 사람을 기가 막히게 만들었고."

"그래서 지금은 어떻게 생각하는데?"

"음? 포스트시즌에 너를 죽어라 굴려서 우승해야겠다는 생각밖에 안 든다."

조나단의 농담에 상진의 입에서 피식 웃음이 새어 나왔다.

작년 충청 호크스를 우승시킬 때도 어느 정도 구르긴 했었다.

하지만 올해는 작년보다 훨씬 성장해 있었다.

체력적인 면부터 시작해서 경기 운영와 상대와의 심리전까지.

이제 고작 한 시즌을 끝마쳐 가는 메이저리그 신출내기의 모습이라고 생각할 수 없을 만큼 완벽했다.

"제발 감독님이 나를 마구 굴려서 우승해 주셨으면 좋겠다."

조나단은 이걸 그냥 농담이라고 생각하며 웃어넘겼다.

하지만 이상진은 진심이었다.

*　　　　*　　　　*

콜로라도 로키스, 피츠버그 파이리츠와의 경기가 모두 끝나고 이제 남은 경기는 셋뿐이었다.

그 경기들은 이미 확인했던 대로 세인트루이스 카디널스와의 경기였다.

남은 경기를 치르면서 두 팀 간의 경기차는 3게임으로 조금 더 벌어졌다.

카디널스의 입장에서 타이브레이크 매치를 가지려면 이 3연전을 전부 잡아야 했다.

그리고 시카고 컵스에게 있어서 악몽 같은 승부가 만들어졌다.

—토니 스미스의 홈런이 컵스를 무너뜨립니다!
—다르빗슈 유! 5회에만 무려 6실점을 하고 강판당합니다!
—역전! 컵스가 카디널스에게 역전을 허용합니다!

라이벌전에 걸맞게 명승부가 되리란 예상과 달리 시카고 컵스는 카디널스의 타선에 고생했다.

마지막 3연전에서 첫 등판한 카일 헨드릭스는 4실점을 하며 패전투수가 됐다.

카디널스에서 4타점을 낸 건 모두 토니 스미스였다.

그리고 오늘 두 번째 투수로 등판한 다르빗슈 유가 1회와 2회에 1점씩, 그리고 5회에 6점을 실점하며 패색이 짙어졌다.

데이비드 로스 감독은 사방에서 들려오는 고함에 얼굴을 감싸 쥐었다.

내일 패한다면 카디널스와 3게임 차이가 나던 게 전부 사라지고 타이브레이크를 통해 지구 우승을 겨뤄야 한다.

"난리 났군요."

"자네는 왜 이렇게 태평한가?"

"그야 지금 상황이 조금은 즐거우니까요."

어떻게 보면 이상진도 관심 받는 걸 무척이나 좋아했다.

그래서 경기 차이가 없어지고 마지막 경기에서 승패가 갈리는 상황이 무척이나 즐겁게 느껴졌다.

"그리고 평소처럼 맥없는 경기는 벌어지지 않을 테죠."

자신이 등판했을 때 웬만한 팀에서는 승부를 포기하는 듯 경기를 운영했다.

카디널스도 마찬가지였으며 유일한 예외는 토니 스미스뿐이었다.

하지만 상황이 달라졌다.

지구 우승을 노리는 동률의 상황에서 카디널스도 물러설 수 없게 됐다.

"그런데 참 지긋지긋하네요. 어떻게든 떨어뜨려 보려고 해도 떨어지지 않는 찰거머리 같아서."

작년처럼 지구 우승을 차지하진 못했어도 카디널스 역시 좋은 시즌을 보냈다.

우선 생각했던 것보다 김강현도 좋은 활약을 벌였다.

그리고 토니 스미스 역시 4할에 가까운 타율을 기록하며 카디널스가 승수를 쌓는 데 보탬이 되기도 했다.

"메이저리그 사무국이나 중계하는 방송사도 신나 죽겠구만. 중부지구 우승 결정이 시즌 최종전이라니."

데이비드 로스 감독 입장에서는 썩 달갑지 않은 일이었다.

로테이션상 이상진이 등판해야 했고 이상진 역시 등판하길 원했다.

하지만 그는 이미 이상진이 25승을 달성했으니 포스트시즌을 감안할 때 컨디션 조절을 위해 로테이션을 한 번 거를 생각이었다.

"우리 입장에선 미치고 팔짝 뛸 일이지."

"그래서 내일은 어떨 거라 보십니까?"

데이비드 로스 감독은 피식 웃으며 상진의 어깨를 두드렸다.

"어제와 오늘은 패하지만 내일은 당연히 이기겠지."

*   *   *

"최종전이 하필이면 이런 식이라니."

마이크 쉴트 감독은 단 하나 남아 있는 경기를 보며 한숨을 쉬었다.

내일 경기에서 이겨야 타이브레이크를 통해 지구 우승을 가릴 텐데, 하필이면 선발이 문제였다.

이쪽은 전력을 다해서 승부를 해 왔던 만큼 여력이 충분치 않았다.

하지만 저쪽에서 내놓은 카드는 최강이었다.

"저는 오히려 반가운데요?"

"너야 반갑지! 나는 전혀 안 반갑다!"

히죽거리면서 승부를 기대하는 토니 스미스에게 일갈한 감독은 한숨을 쉬었다.

시즌 25승 무패를 기록하고 있는 이상진은 어떤 팀에게나 공포스러운 마왕과 같았다.

컵스 팬들이야 영웅으로 칭송하고 있겠지만 카디널스의 팬들에게 이상진은 이미 뿔 달린 악마로 여겨졌다.

"이상진이라니."

"하필이면 이 자식이냐."

다른 선수들도 마찬가지였다.

카디널스의 타자들은 전부 이상진과 맞대결해야 한다는 생각에 벌써부터 어깨를 축 늘어뜨렸다.

이상진의 피안타율은 1할도 되지 않았다.

매 경기마다 퍼펙트, 혹은 노히트에 근접한 경기를 해내는 선수를 상대로 뭘 어쩌겠는가.

"왜 그렇게 다들 힘이 없어요? 지구 우승하고 싶지 않아요? 이상진한테 매일 깨졌으니 내일만큼이라도 물고 늘어지자고요."

"네가 웬일로 이렇게 의욕이 넘치냐?"

"저는 늘 이랬습니다."

토니 스미스는 히죽거리면서 내일 등판할 선발투수의 이름을 계속 보고 또 바라봤다.

이상진과의 승부는 여전히 기대됐다.

하지만 그것과 별도로 카디널스를 우승으로 이끌어야겠다는 생각이 더욱 강했다.

* * *

"이번에도 토니 스미스를 상대로 고의 사구를 줄 거냐?"

상진은 갑작스러운 조나단의 질문에 무슨 뚱딴지같은 소릴 하냐는 표정이 됐다.

"내가 왜?"

"지난번에 그랬잖아. 이번에는 승리를 거둬야 하고."

조나단은 승부보다 승리를 추구하는 이상진의 성격을 잘 알고 있었다.

그래서 토니 스미스는 분명히 거를 거라 생각하고 있었다.

"당연히 이겨야지. 하지만 승부를 해야 할 때는 승부해야겠지."

"그 말은?"

"타선에서 선취점을 내주면 내가 토니 스미스를 거를 이유가 없잖아?"

승리를 위해서라면 토니 스미스를 거를 생각이었다.

자신을 향한 평판 따위는 아무래도 좋았다.

지금은 오로지 시카고 컵스의 지구 우승.

더 나아가 월드 시리즈에 진출하고 우승하는 일만을 생각해야 했다.

"지금은 승리만 생각하자고, 파트너."

그리고 드디어 시즌 최종전이 열렸다.

"이기면 우승, 지면 타이브레이크로 한 판 더 한다니."

이상진은 냉철하게 시카고 컵스와 세인트루이스 카디널스의 전력을 분석해 봤다.

엄밀히 말해서 토니 스미스와 자신을 제외한다면 카디널스 쪽이 약간 우세였다.

'오늘 등판하면 다음이 없다.'

이번 경기에 등판하면 다음 경기에 불펜으로 등판할 수는 있다.

하지만 경기 초반부터 휘어잡지 않으면 카디널스를 상대로 승리할 수는 없다.

[식사 시간이 되었습니다.]

[상대방의 포식 포인트가 표시됩니다.]

[타자의 포인트는 184입니다.]

카디널스의 1번 타자 토미 에드먼이 타석에 들어왔다.

같은 리그, 같은 지구에 속해 있는 팀의 선수였기에 이제는 지긋지긋할 정도로 많이 본 선수이기도 했다.

상진은 그립을 쥐면서 상대를 노려봤다.

이제 메이저리그 2년 차인 토미 에드먼은 올 시즌 상당히 완숙된 기량을 보여 주고 있었다.

'작년에 마이너리그 대비 삼진률이 어마어마하게 늘었던 걸 생각하면 올해는 장족의 발전이지.'

폭락했던 출루율 역시 어느 정도 끌어올렸고 1번 타자로서의 역할을 충분히 수행하고 있었다.

미래의 벤 조브리스트라고 불리는 게 이상하지 않을 정도였다.

'평소보다 기세도 좋네.'

오늘 카디널스는 반드시 이겨야 타이브레이크의 기회를 얻을 수 있었다.

그래서 그런지 지난번과 달리 반드시 치고 말겠다는 기세가 대단했다.

'그래 봤자 안 될 놈은 안 된다는 게 세상의 진리야.'

상진의 손을 떠난 공이 순식간에 마운드와 타석 사이의 공간을 가르며 날아갔다.

급격히 휘어지는 투심 패스트볼은 단숨에 토미 에드먼의 몸 쪽으로 파고들었다.

"파울!"

상진의 공이 이를 악물고 휘두른 배트에 맞아 3루 쪽 파울 라인을 벗어났다.

초구가 스트라이크가 아닌 파울이 되는 건 참 오랜만이었다.

"이거 원."

토니 스미스처럼 승부에 집착하고 즐기는 편은 아니었다.

하지만 이렇게까지 곤란하게 만드는 상대를 마주하고 불타오르지 않는 것도 아니었다.

어차피 오늘의 카디널스는 죽을힘을 다해서 덤벼올 터.

상대들을 전부 거를 수도 없으니 오히려 생각은 간단하게 정리됐다.

전부 짓밟아 주면 된다.

"스트라이크!"

"스트라이크아웃!"

이상진의 전력을 다한 투구에 토미 에드먼과 그 뒤를 이어 등판한 2번 타자 덱스터 파울러는 연이어 아웃 카운트를 헌납했다.

그리고 3번으로 올라온 토니 스미스가 이를 드러내며 웃어 보였다.

최대의 난관을 앞에 둔 상진도 이를 드러내며 웃었다.

'여기에서 토니를 거를 수도 있겠지만.'

야구에는 흐름이라는 게 있는 법이다.

상대에게 잠깐이라도 숨통을 틔워 준다면 그 잠깐의 방심이 뱀처럼 자신의 목을 물려고 할지 모른다.

지금 상황에서 토니 스미스를 피하기보다는 찍어 눌러야 했다.

"스트라이크!"

상진은 의외의 상황에 눈을 깜박였다.

토니 스미스는 초구를 노리지 않고 마치 거르듯이 배트조차 휘두르지 않았다.

그냥 지켜보겠다는 태도에 상진의 눈썹이 꿈틀거렸다.

코스를 전부 읽고 있을 텐데도 배트를 휘두르지 않는 의도가 무엇인지 알 수 없었다.

아니, 사실은 알고 있는데 인정하기 싫었다.

여태까지 도발하는 건 자신이었지 도발당하는 입장이 됐단 사실을 인정하고 싶지 않았다.

'릴랙스, 릴랙스. 넘어가면 안 된다.'

대체 누구한테 도발하는 법을 배웠을까.

그건 묻지 않아도 알 수 있었다.

지금도 토니 스미스 바로 옆에 붙어서 재잘거리고 있는 사신 도날드의 모습이 확실하게 보였다.

상진과 눈이 마주친 도날드는 윙크를 한 번 하고는 어디론가로 사라졌다.

'남자 따위의, 그것도 사신의 윙크를 받아 봤자 역겹기밖에 더하겠냐. 영호 형은 대체 이럴 때 저승에서 왜 안 돌아오는 거야.'

물론 저것도 토니를 도와주려는 도날드의 술책일 수도 있었다.

괜히 자리에 없는 영호를 탓해 본 상진은 숨을 들이마시며 마음을 진정시켰다.

아무리 시스템의 도움을 받아서 공을 쳐 낸다고 해도 좋아하는 코스와 싫어하는 코스는 존재한다.

그걸 찾기 위해서 상진은 어제 토니 스미스가 올 시즌 동안 쌓아 온 모든 데이터를 살펴봤다.

그리고 발견했다.

"스트라이크!"

*   *   *

토니 스미스는 2구째는 칠 생각이었다.

그래서 배트를 움켜쥐고 스킬을 발동한 상태로 대기하고 있었다.

그런데 공의 코스를 확인하자마자 그는 움찔 놀라며 배트를 움직이려다가 멈췄다.

'하필이면.'

프로에 오면서 레벨 스윙도 배우긴 했지만 토니는 고등학교 때도 어퍼 스윙을 주로 했었다.

그래서 낮게 깔려서 날아오는 공에 대한 대처는 누구보다 자신 있었다.

그런데 하나 꺼리는 공이 있다면 바로 몸 쪽 높게 붙여 오는 공이었다.

하이스쿨에 다니던 당시 머리를 맞았던 기억 때문에 높게 날아오는 공에 배트가 쉽게 나가지 않았다.

'이상진이 이걸 알고 던진 걸까?'

알고 던졌는지 아니면 우연인지는 몰라도 저런 공을 던졌다는 게 중요했다.

이상진은 그동안 강력한 패스트볼로 타자를 압도하거나, 혹은 낮은 공을 던져 땅볼을 유도했다.

이번처럼 높은 공을 던지는 건 타이밍을 뺏는 것 외에 거의 없었다.

'다음 공을 보면 알겠지.'

이상진이 와인드업 자세를 잡는 순간 토니도 스킬을 전부 발휘했다.

[〈나이스 배팅〉 스킬이 활성화 중입니다 (8/10)]

[〈코스 추적자〉 스킬이 활성화 중입니다 (8/10)]

[〈헬스에 미친 놈〉 스킬이 활성화되었습니다]

[〈회전을 읽는 자〉 스킬이 활성화되었습니다]

어설픈 스윙으로는 안 된다.

스킬을 활성화시켜 놓고 반응한다고 해도 미리 코스를 예측하고 대비하고 있는 것보다 느리다.

이상진의 포심 패스트볼의 구속은 100마일을 조금 상회한다.

마운드에서 홈 플레이트까지 공이 날아가는 시간은 고작해 봐야 0.4초 남짓.

그리고 이 찰나의 순간에 승부는 결정지어진다.

[〈한 방에 주님 곁으로〉 스킬이 발동합니다]

카디널스의 팀원들은 물론 토니 스미스도 절박했다.

팀이 우승하려면 컵스를 넘어야 한다.

그런데 하필이면 끝판 왕이 메이저리그 투수 지표의 맨 윗자리를 차지하고 있는 이상진이었다.

그렇다고 해서 물러날 수도 없었다.

'초반부터 타선을 짓밟아 버리고 다시는 일어서지 못하게 할 작정이다. 그러니 너도 일부러 녀석을 도발해 봐.'

'어떻게요?'

'스윙을 하지 마. 그 녀석은 네가 스윙하길 바라고 있어. 네

스킬이 무엇인지 알고 있기도 할 테지.'

도날드의 조언대로 우선 이상진을 도발했고 반응은 즉각 돌아왔다.

자신이 스윙을 하지 않자 투구 사이의 텀을 짧게 가져가는 편인 이상진이 잠깐이나마 멈칫거렸다.

18.44미터라는 거리가 마치 코앞인 것처럼 이상진의 불쾌해하는 표정이 확실하게 보였다.

그는 불쾌한 존재인 자신을 향해 공을 던졌다.

그리고 자신은 있는 힘을 다해 스윙했다.

퍼억!

"스트라이크! 타자 아웃!"

배트를 스치듯 맞은 공은 조나단이 반사적으로 들어 올린 글러브 안으로 빨려 들어갔다.

―파울팁! 배트를 스친 공이 포수의 글러브로 빨려 들어갑니다!

―카디널스의 간판타자 토니 스미스와의 첫 번째 대결에서 이상진이 삼진을 잡아냅니다!

―카디널스의 첫 공격이 무산됩니다!

삼진을 잡아낸 상진은 큰 한숨을 토해 냈다.

이제 1회 초가 끝났는데 기분으로는 마치 5회쯤은 된 듯한 기분이었다.

그만큼 토니 스미스는 위험한 상대였다.

"수고했어."

"젠장. 그냥 거를 걸 그랬나?"

"그랬다가는 기세가 오를까 봐 하지 않은 거 아니야?"

조나단은 정확하게 경기를 읽고 있었고 어째서 상진이 정면 승부를 걸었는지 이해하고 있었다.

"일단 기선 제압이라는 목표는 달성했으니 다음에는 어떻게 할래?"

"별거 없어."

기선을 제압했다.

승부에서 먼저 기선을 제압하고 가장 촉망받는 타자를 둘이나 거꾸러뜨렸다.

다음에 폴 데용이나 폴 골드슈미트 같은 타자가 타석에 오를 테지만 토니 스미스보다 손쉬운 상대들이었다.

"타순이 한 번 돌 때까지 계속 짓밟아 놔야지."

*   *   *

또다시 이상진과 선발 맞대결을 하게 된 잭 플라허티는 눈살을 찌푸렸다.

승수를 챙기고 싶은데 올해 이상진과 선발 대결만 세 번째였다.

그중 두 번은 벌써 패해서 커리어에 2패를 추가했다.

'정말 재수도 없지.'

이상진과 마주치면 패전 투수가 되는 건 확정이었다.

하지만 오늘은 오기가 생겼다.

토니 스미스가 벤치 분위기를 북돋아서 그런 것만은 아니었다.

두 번은 몰라도 세 번까지 패할 수는 없다는 마음 때문이었다.

"헤이, 잭! 너무 부담 갖지 마! 네가 무너지지 않으면 우리가 먼저 이상진을 무너뜨려 줄 테니까."

"꿈같은 소리 하고 있네. 이상진을 누가 어떻게 무너뜨려?"

그때 옆에서 듣고 있던 폴 골드슈미트가 끼어들었다.

"너, 나, 그리고 우리가."

둘러보니 카디널스의 선수들 전부 입가에 자신만만한 미소를 짓고 있었다.

그동안 이상진에게 패해 왔다고 해도 오늘 이상진에게 또다시 패할 생각은 아무도 하고 있지 않았다.

"한국에 이런 속담이 있지. 열 번 찍어 안 넘어가는 나무 없다고."

듣고 있던 김강현도 한마디 거들었다.

"그동안 우리도 분석한 자료가 많잖아? 오늘 이상진이 무너지는 날로 삼자고."

"그리고 우리의 독립 기념일이 되는 거지."

그때 마이크 쉴트 감독이 언짢은 표정으로 끼어들었다.

"지금이 몇 회인지는 아나?"

언짢을 만한 이유가 있었다.

"이제 4회다. 4회까지 지금 퍼펙트를 당하고 있는데도 웃음이 나오냐?"

마침 컵스의 공격이 끝났다.

컵스의 타선은 잭 플라허티를 상대로 2안타를 뽑아냈지만 이후 병살타로 물러났다.

그들이 벤치로 돌아가는 모습을 보며 마이크 쉴트 감독은 일갈했다.

"당장 나가서 1점이라도 뽑아 놓고 시시덕거려!"

*   *   *

"이젠 정말 지긋지긋하다."

또다시 타석에 올라온 토니 스미스를 보며 상진은 고개를 흔들었다.

타순이 2번째 돌아도 마찬가지였다.

1번 토미 에드먼이나 2번 덱스터 파울러 역시 이상진에게 맥을 추지 못했다.

"그런데 왜 올라왔어?"

"감독님 지시야."

"감독님이?"

초반에는 모를까, 이제는 이상진에게 사인을 보내지 않던 데이비드 감독이었다.

"출루시키라고 하셨어?"

"어. 내보내라고 하더라. 그런데 어떻게 알았냐?"

"나라도 그랬을 테니까."

아직도 팽팽한 상황이 계속되는 만큼 굳이 토니 스미스를 상대할 이유는 없었다.

지금은 거르고 다음을 기약하는 편이 나았다.

"그러니까 점수 좀 미리 내라니까."

"너도 안타 못 치고 삼진이나 잡혔으면서."

"나는 투수잖아. 이 정도는 면죄부를 줘야지."

그래도 잭 플라허티의 힘을 빼놓기 위해 스킬을 사용한 이상진은 7구까지 가는 접전을 벌인 후에야 삼진을 당했다.

물론 허투루 상대할 생각은 없었기에 안타를 칠 생각은 있었다.

다만 운이 좋지 않았을 뿐이었다.

조나단이 자리로 돌아간 후, 상진은 숨을 깊이 들이마셨다가 내쉬었다.

지시였고 승리를 위해서라는 건 이해하지만 이대로 출루시켜 주는 것도 마음에 들지 않았다.

"볼!"

101마일이 기록되는 포심 패스트볼이 스트라이크존을 크게 벗어났다.

"볼!"

전력을 다해서 던지는 고의 사구였다.

"볼!"

타석에 있던 토니 스미스도 아무런 표정 변화 없이 일부러 고의 사구를 전력으로 던지는 상진을 바라봤다.

볼넷으로 출루는 시켜 주지만 원해서 출루시켜 준다는 태도가 아니었다.

"볼! 베이스 온 볼스(Base on balls)!"

승부욕은 있으되 승리를 위해서는 그걸 포기할 줄 아는 남자.

토니 스미스는 예전에 자신이 이야기했던, 그리고 사신 도날드가 다시 되짚어 줬던 이상진의 성격을 떠올렸다.

'그래도 다음 타석에서는 그냥 거를 수는 없을 거다.'

1루를 밟은 채 보호 장구를 풀면서 토니 스미스는 의미심장한 미소를 떠올렸다.

그걸 보면서 상진은 쓴웃음을 지으며 다음 타자 폴 데용을 향해 시선을 돌렸다.

'평소보다도 더 미친 듯한 공이다.'

'저 자식, 저런 공을 던질 수 있는데 왜 토니를 거른 거지?'

4회에 토니 스미스를 거른 이상진은 더욱 강력한 공으로 카디널스의 타선을 제압했다.

폴 데용은 물론 그 뒤를 이은 5번 타자 폴 골드슈미트마저 다시 삼진으로 물러났다.

101마일을 넘나드는 포심 패스트볼에 94~95마일에서 형성되는 슬라이더.

그리고 97마일의 투심 패스트볼과 함께 완급을 조절하기 위해 80마일까지 구속을 떨어뜨리는 체인지업까지.

무엇보다 강렬한 건 똑같은 폼에서 나오는 똑같은 포심 패스트볼의 최저 구속이 88마일까지 내려간다는 사실이었다.

"변함이 없군."

마이크 쉴트 감독의 입에서 탄식이 흘러나왔다.

다행스럽게도 아직까진 0 대 0의 팽팽한 균형을 유지하고 있었다.

하지만 카디널스는 그 균형을 유지하기 위해 전력을 기울이고 있었다.

그에 반해 시카고 컵스는 아직도 여유가 있었다.

'이상진 혼자만의 힘으로 우리 팀의 타선을 이렇게 억눌러 놓을 줄이야.'

작년에 지구 우승을 차지했던 게 모두 물거품으로 돌아가는 기분이었다.

와일드카드전에 출전할 수 있단 점을 위안으로 삼기에는 컵스에게 우승컵을 내주는 게 너무 뼈아팠다.

"다음 타석에서 이상진은 승부를 걸어올 겁니다."

"그걸 네가 어떻게 장담하냐?"

"저는 장담할 수 있습니다."

토니 스미스의 호언장담에 마이크 쉴트 감독은 입을 다물었다.

아마 이 팀에서 이상진에 대해 가장 많이 아는 선수라고 한다면 첫손에 꼽힐 사람이 바로 토니였다.

같은 한국 출신인 김강현보다 훨씬 더 많이 안다고 자부할 정도였다.

"하지만 7회 때도 너를 거른다면 우리는 대책이 없어."

이대로 간다면 이상진에게 노히트노런을 헌납해야 할지도 모른다.

그리고 컵스가 가장 쉽게 승리를 쟁취할 수 있는 방법은 바로 토니 스미스를 거르는 것뿐이었다.

다른 투수였다면 토니에게 맞는 게 싫다고 해도 뒤에 이어질 데용과 골드슈미트 때문에 쉽게 거르지 못했다.

하지만 상대는 이상진.

폴 데용이나 골드슈미트를 어린애 다루듯 손쉽게 아웃 카운트를 빼앗는 최강의 투수였다.

"앞에 한 명만 출루해 준다면 더 바랄 건 없겠죠. 그렇게 되면 이상진은 저와의 승부를 꼭 해야만 할 겁니다."

이상진이 승부만 해 준다면.

여태껏 치지 못했더라도 이번에는 칠 수 있으리라.

토니 스미스는 자신의 능력을 믿었고 가능성을 믿었다.

*　　　　　*　　　　　*

이런 상황은 이상진도 읽고 있었다.

'아직 희망을 놓지 않은 얼굴들이야.'

상진은 카디널스의 희망이 어디에서 비롯됐는지는 알고 있었다.

토니 스미스.

카디널스가 배출한 올해의 타격왕이자 MVP 후보인 그가 자신과 승부한다면 반드시 점수를 낼 수 있으리란 기대 때문이었다.

물론 그 희망은 아주 실낱같았다.

여태까지의 경기 양상과 기록만으로 봤을 때 이상진에게서 정상적으로 안타를 뽑아내는 건 거의 불가능했다.

경기당 피안타가 1~2개에 그쳤고 그나마도 수비의 기록되지 않는 실책이거나 혹은 빗맞아 수비가 없는 곳에 떨어진 행운의 안타였다.

'그 희망을 짓밟아 주는 것도 은근히 재밌는 일이지.'

벤치에 앉아서 컵스의 공격을 바라보던 상진은 싱긋 웃었다.

옆에 앉아 있던 조나단은 육포를 질겅거리면서 낮은 웃음소리를 내는 상진을 보고 질겁했다.

"너는 무슨 웃음소리가 지옥에서 올라온 것 같냐?"

"뭐야, 갑자기 왜 시비야?"

"시비가 아니라 사실이니까. 그나저나 점수가 어지간히 안 나오네."

6회 말 공격이 한창 이어지는데도 잭 플라허티가 던지는 공은 거침없었다.

이제 90구가 넘어가는 상황에서도 이를 악물고 던지는 잭의 공은 여전히 위력적이었고 시카고 컵스의 선수들은 어떻게든 안타를 치긴 했어도 점수를 내지 못했다.

"이제 슬슬 투수 교체를 하겠지. 길어 봤자 7회일까."

"우리도 투수 교체 각을 잡아야 할까? 너 벌써 70구 넘겼잖아."

"어차피 9회까지 던져도 상관없어."

그리고 7회에는 토니 스미스가 다시 올라온다.

지긋지긋한 승부였다.

어떻게든 자신에게서 점수를 뽑아내려고 바득바득 기어 올라오는 카디널스가 거머리 같아서 이젠 징그러울 정도였다.

'애초에 지구 우승을 확정 지었으면 괜히 힘을 쏟을 이유도 없을 텐데.'

물론 라이벌전이었기에 허투루 치를 수는 없었겠지만 적어도 여유를 가지고 경기에 임할 수는 있었을 터.

상진은 이 작은 여유가 아쉬웠다.

'선수단이 너무 긴장하고 있어.'

시카고 컵스는 마지막까지 지구 우승을 확정 짓지 못했기에 선수단 전원이 바짝 긴장하고 있었다.

그리고 자신 역시 마찬가지였다.

선수단의 긴장감이 알게 모르게 이상진에게도 영향을 미치고 있었다.

"다들 배트가 경직됐어."

"어떻게든 1점을 뽑아내려고 애를 쓰고 있어서 그렇지."

카디널스가 자신에게 발버둥을 치며 어떻게든 안타를 쳐 내려 하는 것처럼 컵스의 타선도 잭 플라허티를 상대로 점수를 뽑아내려 온힘을 다하고 있었다.

하지만 점수를 내는 데 집중한 나머지 너무 힘이 들어가 제대로 된 스윙을 하지 못하고 있었다.

"후우, 다음 타석 때는 어떻게든 해 보고 싶은데."

"그런데 못 쳤잖아."

"내 앞에 아무도 없었잖아. 쳐 봤자 무의미했으니까. 내가 홈런을 칠 것도 아니고."

상진의 말에 조나단의 입꼬리가 슬쩍 올라갔다.

"마치 마음만 먹으면 칠 수 있을 거라 생각하나 본데? 그렇게 타격이 만만한 건 아니야, 최강의 투수이자 최약의 타자 씨."

"그럼 다음 타석에서 내가 안타를 쳐 내면?"

"젠장, 또 내기냐?"

곰곰이 생각해 보니 이번에는 할 만한 내기였다.

이상진의 본업은 투수였고 결코 타율이 좋은 편도 아니었다.

올 시즌 이상진의 타율은 1할 8푼 3리.

타자로서 본다면 마이너리그로 강등돼도 한참 전에 강등됐어야 할 성적이었다.

"좋아, 다음 타석에 네가 안타를 쳐 낸다면 뭘 해 줄까?"

"식사 쏘기라도 해 볼까?"

"너한테 내가 몇 달러나 뜯겼는지 아냐? 젠장맞을 자식."

"그래서 안 할 거냐?"

"당연히 하지!"

조나단이 여태껏 이상진과 내기했다가 된통 당했던 게 한두 번이 아니었다.

그래도 이번만큼은 이를 갈면서도 하지 않겠다는 말은 입 밖에 꺼내지도 않았다.

투수로서의 이상진은 절대적이다.

하지만 타자로서는 그렇지 않기 때문에 할 만하다고 생각해서였다.

"어디 네가 안타를 치나 못 치나 두고 보자."

"두고 보자는 놈 무섭지도 않더라. 돈이나 준비해 둬."

대체 어디에서 나오는 자신감인지.

조나단으로서는 도무지 이해할 수 없었다.

*　　　　*　　　　*

7회 초 카디널스의 첫 공격은 2번 타자인 덱스터 파울러였다.

그의 운명은 아까와 별다른 차이점이 없었다.

그나마 공을 건드려서 높이 떠올랐고 그것이 1루수 엔서니 리조의 글러브 안에 빨려 들어갔다는 것 정도였다.

"이젠 정말 지긋지긋하네."

"또 거를 거냐?"

"이번에도 그래 볼까?"

하지만 주위에서는 그럴 만한 분위기가 아니었다.

"리! 리! 리! 리!"

"저따위 니그로 새끼는 삼진으로 잡아 버려!"

인종차별을 겪기도 했지만 컵스 팬들 사이에서 저런 이야기까지 나올 정도로 분위기는 최고조에 달해 있었다.

이미 달아오를 대로 달아오른 그들의 앞에서 볼넷으로 거르는 짓이라도 한다면 당장 폭동이라도 일어날 분위기였다.

"난감하네. 도망칠 수도 없잖아?"

"도망치려면 칠 수는 있어."

"그러다가 진짜 돌 맞는다."

컵스의 팬들은 이상진이 화려하게 삼진을 잡아내고 팀을 우승시키는 걸 기대하고 있었다.

지금 여기에서 물러난다면 여태까지 쌓은 명성마저 짓밟아 버릴 기세였다.

"그냥 꽝 붙을까? 홈런 맞을 공만 안 던지면 될 텐데."

"맞는 걸 전제로 깔고 들어가냐?"

괜히 엄살을 떨다가 면박을 당한 상진은 멋쩍게 웃으면서 글러브로 얼굴을 가렸다.

"잡긴 잡아야겠지. 거르는 것도 한 번이면 족하니까. 그리고 감독님도 딱히 거르라는 사인도 없잖아?"

"감독님도 지금 분위기를 읽고 있는 거지."

물러선다면 죽는다.

게다가 팽팽한 균형이 이어지고 있는 상황에서 어느 한쪽이 맞받아치지 못한다면 바로 다른 쪽으로 균형이 넘어간다.

그리고 상진이 아무리 무적이라고 해도 다른 선수들의 사기에도 영향이 미치게 된다.

"귀찮지만 할 수 없지. 일단은 때려잡아야 편하게 경기가 끝나니까. 그래도 참 난감하다. 저놈하고는 내년에도 봐야 하는데 말이지."

"내년에는 내년의 방법이 있겠지. 아무튼 이번에는 때려잡는 걸로 알겠어."

조나단이 마운드에서 내려가자 상진은 투덜거렸다.

포수가 마운드에 올라와 투수와 이야기를 하는 건 평범한 일이다.

그런데 토니 스미스가 타석에 설 때마다 이러는 게 불쾌했다.

'진짜 제대로 찍어 눌러야 나중에 군말이 안 나오지.'

자꾸 자신과 토니 스미스를 라이벌 구도로 만들어 놓는 언론도 마음에 안 들었고 자신을 걱정하는 조나단도 마음에 들지 않았다.

게다가 고의 사구 사인까지 보내는 감독도.

이것저것 전부 마음에 들지 않았다.

자신의 실력을 손톱 밑의 때만큼이라도 의심하는 불신의 시선을 종식시키기 위해 상진은 불쾌함과 혐오감을 가득 담아 던졌다.

"스트라이크!"

토니 스미스는 초구를 노리고 힘차게 스윙을 했다.

이상진이 전력을 다해 던진 컷 패스트볼은 유려한 곡선을 그리며 토니 스미스의 배트를 피했다.

그리고 상진의 눈썹이 꿈틀거렸다.

힘차게 스윙을 했어도 방금 전은 스킬조차 사용하지 않은 스윙이었다.

'이게 자꾸 도발을 하네?'

방금 전 스윙에는 볼을 던지든 스트라이크를 던지든 일단 카운트를 하나 늘려 주겠다는 뜻이 담겨 있었다.

하지만 바꿔 말하자면 스트라이크를 하나 헌납한 셈이었다.

조용히 숨을 가다듬은 상진은 짜증스러운 표정으로 신중하게 공을 골랐다.

"스트라이크!"

두 번째 공이 날아가자 이번에는 토니 스미스가 움찔 놀랐다.

지난번에 자신을 위협하듯 날아왔던 몸 쪽 높은 공이 날아온 것이었다.

스트라이크 높은 곳 구석으로 찔러 들어온 공에 다시 한번 놀란 토니 스미스는 이내 분노했다.

'알고 던졌다는 거지?'

이상진과 토니 스미스의 신경전이 계속됐다.

서로 싫어하는 게 무엇인지 잘 아는 선수들끼리 한 번씩 속을 긁었다.

"파울!"

상진이 죽을힘을 다해 던진 공이 배트에 맞고 파울라인을 벗어났다.

토니가 죽을힘을 다해 휘두른 배트에 공이 파울라인을 벗어났다.

"파울!"

카운트는 투 스트라이크에서 변화가 없었다.

하지만 토니에게 던진 투구 수는 계속해서 늘어났다.

5구, 6구, 그리고 7구째까지 던진 상진의 얼굴은 일그러졌다.

'지독한 자식.'

아무리 스킬을 쓰지 않았다고 해도 이 정도로 버텨내는 건 지독하다고 할 수밖에 없었다.

관중석의 관중들도 점점 조용해졌다.

투 스트라이크로 이상진에게 유리한 카운트였지만 사람들은 손에 땀을 쥐고 두근거리는 심장을 느끼고 있었다.

수만 명이 모여 있는 리글리 필드.

그곳은 점점 존재감을 뿜어내는 투수와 타자, 단둘만이 존재하는 공간으로 뒤바뀌고 있었다.

[〈한계 돌파〉 스킬을 발동합니다.]

[남은 경기 시간 동안 능력이 추가로 증가합니다.]

[〈먹을 때는 개도 안 건드린다〉 스킬을 발동합니다.]

이상진은 스킬을 전부 발동했다.

그리고 그런 상진의 기척을 느낀 토니 스미스 역시 표표한 미소를 지으며 배트를 쥔 손에 힘을 더했다.

[〈나이스 배팅〉 스킬이 활성화 중입니다 (0/10)]

[〈코스 추적자〉 스킬이 활성화 중입니다 (0/10)]

[〈헬스에 미친 놈〉 스킬이 활성화 되었습니다!]

[〈회전을 읽는 자〉 스킬이 활성화 되었습니다!]

[〈한방에 주님 곁으로〉 스킬을 발동합니다.]

마지막 힘을 짜낸 토니 스미스는 상진의 공을 기다렸다.

다리가 슬쩍 들어 올려지고 어깨 뒤로 넘겼던 팔이 앞으로 뻗어 나왔다.

유려하고 아름다운 곡선을 그리며 이상진이 던진 공이 스트라이크존을 향해 날아왔다.

"그 공은 제가 메이저리그 1년 차에서 던진 공 중에 가장 잘 던진 것 같았습니다."

이상진은 훗날 이렇게 술회했다.

시카고 컵스와 세인트루이스 카디널스.

그리고 이상진과 토니 스미스.

이상진은 인정하지 않을지 몰라도 세간에서는 이미 두 사람을 라이벌 구도로 엮고 누가 더 강한지에 대해 논쟁을 벌였다.

하지만 시즌이 지나고 또 지나면서 사람들은 깨달았다.

한 번 정해진 힘의 역학 관계는 어떻게 해서든 뒤집을 수 없단 사실을.

따악!

토니 스미스도 배트를 집어 던지고 이를 악물었다.

하지만 이미 예언한 것처럼 머릿속을 스쳐 지나간 결과만큼은 어찌할 도리가 없었다.

이상진은 고개를 들었다.

하늘 높이 치솟은 공은 올라가기만 높이 올라갔지 앞으로 뻗어 나가지 못했다.

상진은 위로 글러브를 들어 올렸다.

안으로 빨려 들어가는 공을 보며 기시감을 느낀 상진은 고개를 돌려 1루에 있는 토니를 바라봤다.

'이걸로 승부는 끝이다.'

토니 스미스와의 대결도, 카디널스와의 대결도, 이것으로 끝났다.

아직 8회와 9회가 남아 있다고 해도 상관없었다.

둘의 대결이 끝난 이상, 두 번 다시 토니 스미스의 타석이 돌아올 일이 없는 이상 승부는 끝난 것이나 다름없었다.

어깨를 축 늘어뜨리고 벤치로 돌아가는 상대의 모습을 보며 상진은 고개를 돌려 다음 타자를 바라봤다.

"스트라이크! 타자 아웃!"

이상진의 공은 9회까지 거침없었다.

카디널스의 선수들은 단 하나의 안타도 치지 못했다.

그에 반해 시카고 컵스의 타선은 조금씩 점수를 내며 차이를 벌려 나갔다.

9회 초 2아웃까지 3점 차.

마지막으로 올라온 1번 타자 토미 에드먼은 너무 어렸고 짐은 너무 무거웠다.

"스트라이크!"

마지막 공이 포수의 미트로 빨려 들어가는 순간 리글리 필드에 있는 관중들은 폭발하듯 자리에서 일어났다.

고막이 터질 듯한 함성 속에서도 상진은 심판의 마지막 목소리를 똑똑히 들을 수 있었다.

"아우우우우웃!"

*　　　　*　　　　*

―시카고 컵스가 지구 우승을 차지합니다!

―시즌 최종전까지 가서야 결정되는 긴장되는 한판! 이상진 선수가 카디널스를 노히트노런으로 제압합니다!

―단 하나의 안타도 허용하지 않은 선발투수 이상진!

카디널스전에서 탄생한 노히트노런에 컵스 팬들은 열광했다.

그것도 지구 우승을 결정 짓는 최종전에서 터져 나온 값진 승리였기에 그들은 더욱 환호했다.

"안녕하세요, 리포터 제니스입니다. 이상진 선수, 오늘 승리하신 것과 시카고 컵스의 지구 우승을 진심으로 축하드립니다!"

"정말 감사합니다."

"우승 소감 한 말씀 부탁드려도 될까요?"

이제는 지긋지긋할 정도로 많이 한 수훈 선수 인터뷰였지만 오늘만큼은 색달랐다.

메이저리그 1년차 선수가 지구 우승을 거머쥐고 또 최고 수훈 선수로 꼽혔다.

아마 내셔널리그에서 MVP가 뽑는다면 99.99퍼센트의 확률로 이상진이 될 것이 분명했다.

"올해 메이저리그에 진출해서 이렇게 우승까지 거머쥐게 될 줄은 몰랐습니다. 응원해 주신 컵스의 팬 여러분, 그리고 한국에 계신 팬 여러분들께 진심으로 감사드립니다."

"이제 포스트시즌 진출 확정인데, 혹시 어렵다고 생각되는 팀이 있으신가요?"

올해 내셔널리그에서는 애틀란타와 엎치락덮치락하다가 동부 지구 우승을 차지한 워싱턴 내셔널스.

압도적인 승률로 서부 지구 우승을 차지한 LA 다저스까지 세 팀이 확정이었다.

아메리칸 리그는 놀랍게도 작년과 똑같이 뉴욕 양키스와 미네소타 트윈스, 그리고 휴스턴 애스트로스였다.

"모두 지구 우승을 차지할 정도로 실력 있는 팀들이기 때문에 누가 어렵고 누가 쉽다고 이야기할 수는 없네요."

"오늘은 참 무난한 인터뷰야."

오늘 우승을 확정지어서 그런지 몰라도 이상진의 인터뷰는 참 둥글둥글하고 무난했다.

평소에 날이 선 것처럼 언론을 대하던 태도는 온데간데없었다.

싱글벙글 웃으며 인터뷰를 하는 상진을 보며 데이비드 로스 감독도 흐뭇한 미소를 지었다.

"받아랏!"

이 와중에 선수들은 우승했다는 기쁨에 가지고 나온 샴페인을 여기저기 뿌렸다.

데이비드 로스 감독도 샴페인을 잔뜩 뒤집어쓰고서도 활짝 웃었다.

하지만 그 미소는 이어진 리포터의 질문에 석고상처럼 딱딱하게 굳어졌다.

"오늘 카디널스의 토니 스미스 선수를 베이브 온 볼스로 거르셨는데 지난번에도 비슷한 일이 있었습니다. 혹시 토니 스미스 선수를 의식하는 게 아니냔 이야기가 있는데 어떻게 생각하시나요?"

"이런 젠장!"

하필이면 저런 질문을 하다니.

이상진이 토니 스미스를 껄끄러워한다는 사실은 컵스의 사람이라면 누구나 다 아는 사실이었다.

그래서 그 녀석의 이름을 꺼내는 것도 웬만한 담력이 아니고서야 쉬운 일이 아니었다.

그런데 지금 제니스인지 제니퍼인지 하는 리포터가 토니 스미스를 들먹이고 있었다.

"하하하, 그런 선수가 있었던가요?"

대충 웃으면서 넘어가는 훈훈한 분위기였지만 컵스의 관계자들은 이미 얼굴이 굳어 있었다.

그때 이상진의 눈이 마치 튀어나올 듯이 동그랗게 뜨였다.

다른 사람들은 그의 시선을 좇아 시선을 옮겨 봤지만 그곳엔 아무것도 없었다.

'뭘 보는 거지?'

이상진은 정신을 뺏기고 멍한 표정이었다.

리포터는 고개를 갸웃거리며 그를 재촉했다.

"이상진 선수? 왜 그러시나요?"

"아? 아무것도 아닙니다."

이상진은 잠시 허둥거리면서 제대로 말을 잇지 못했다.

그리고 눈을 부릅떴다가 한숨을 내쉬더니 뺨을 손으로 짝소리가 날 정도로 후려쳤다.

"이상진 선수?"

"아, 예. 토니 스미스 선수요? 그는 무척 좋은 선수라고 생각합니다. 다만 승부를 하다 보니 거르게 됐을 뿐, 별로 의식하거나 하지는 않습니다."

"그건 언제든지 토니 스미스 선수를 제압할 수 있다는 건가요?"

반쯤은 넋이 나간 이상진이 제대로 생각하고 대답할 리 없었다.

그의 입에서는 무조건 반사적으로 대답이 튀어나왔다.

"물론입니다."

의식하고서 터뜨리는 폭탄보다 더 무시무시한 발언이었다.

내셔널리그 시즌 타율 3할 9푼 2리의 타자, 토니 스미스는 그렇게 이상진에 의해 확인 사살을 당했다.

*　　　　　*　　　　　*

「시카고 컵스, 내셔널리그 중부 지구 우승!」

「이상진, 노히트노런으로 시카고 컵스의 지구 우승에 기여」

「데이비드 로스, 이상진이야말로 컵스의 에이스」

「시카고 컵스, 4년 만에 다시 우승을 정조준하다」

「타격왕 토니 스미스는 아무것도 아니다. 메이저리그 최고의 투수가 선언하다」

「ERA 0점대의 악마 같은 투수가 탄생하다」

"푸하하하!"

신문을 보다가 큰 소리로 웃음을 터뜨렸다.

지역 언론은 물론 미국 전국에 이상진의 이름이 널리 알려졌다.

특히 메이저리그 중부리그의 우승을 가리는 최종전에서 9이닝 무실점 노히트노런을 기록한 게 임팩트가 컸다.

"그런데 이게 참 재미있네. 인터뷰를 하다가 갑자기 정신이 나간 이상진. 지구 우승을 차지한 충격이 너무 컸던 탓인가?"

"시끄러워요. 그 리포터, 다시 생각하니 열받네."

상진은 당시 눈앞에 나타났던 영호의 모습에 깜짝 놀랐었다.

그리고 그가 했던 기행에 어처구니가 없어서 인터뷰를 하던 것조차 잊어버렸었다.

"열받기는 개뿔이 열을 받아? 그때는 입을 헤벌쭉 벌리고 정신을 못 차렸으면서."

"갑자기 나타나서 눈앞에 춤을 춰댄 건 누군데 그래요? 젠장. 돌아왔으면 얌전히 집에서 음식이나 만들고 기다리지 그랬어요?"

"어이구, 돈이나 제대로 주면 내가 백번이든 만들어 주지."

인터뷰 당시 허공에서 브레이크 댄스를 추며 상진의 시선을 강탈했던 영호는 다시 웃음을 터뜨렸다.

저승에서 돌아온 그는 타이밍 좋게 상진이 지구 우승을 확정 짓는 순간 경기장에 도착할 수 있었다.

"도착하자마자 경기장 전체가 들썩이길래 깜짝 놀랐지. 사방에서 샴페인은 터지는데 모습을 드러낼 수도 없잖냐? 내가 매니저 겸 에이전트 짓을 하고 있어도 한동안 안 보였던 사람이 불쑥 나타나는 것도 이상하고."

"젠장, 저승사자가 이렇게 존재하는 것부터가 이상한 거라고요."

짜증스럽게 투덜거렸지만 치킨을 우물거리는 상진의 입가에는 오랜만에 미소가 떠올라 있었다.

그동안 이 넓은 집에서 혼자 지내면서 생각보다 외로웠다.

구단 훈련장에서 훈련에 집중할 때나 원정 경기를 갔을 때는 잊고 살았지만 집에 돌아오면 휑한 분위기가 자신을 덮쳐 왔다.

그게 무척이나 쓸쓸해서 견딜 수가 없었다.

"어쨌든 잘 다녀왔어요. 그나저나 저승에 가서 뭐 하고 오신 겁니까?"

"네가 알 것까지는 없는데."

순간 영호의 얼굴에 쓸쓸함이 감돌았다.

영호가 너무 진지한 표정을 짓기에 상진도 농담을 던질 생각도 하지 못했다.

잠시 뜸을 들인 영호는 피식 웃으면서 입을 열었다.

"하기야 알아야 할지도 모르겠지."

뭔가 심각한 표정에 상진은 먹던 것도 멈추고 가까이 다가갔다.

"대체 뭔데요?"

"염라대왕님께서 너에게 황금 돼지를 준 걸 아셨어."

"뭔가 질책이라도 받으신 거예요?"

"질책이라면 질책이지. 일반적으로 이런 경우에서는 저승사자 자리에서 직위 해제 되고 대기하게 되겠지."

"그런데 직위 해제 되고 백수가 될 영호 형은 여기에 어떻게 왔는데요?"

"하던 일은 마저 해야 하니까."

상진이 어떻게 활동하는지 지켜보는 일.

그것이 지금 영호가 맡은 일이었다.

"그런데 표정이 왜 그래요? 뭔가 숨기는 거 있죠?"

그런데 영호의 표정이 미묘했다.

상진은 2년 동안 하도 많이 봐 왔기에 저런 표정을 짓는 게 어떤 이유인지 알고 있었다.

그걸 깨달은 상진이 바로 따지자 영호의 표정이 더욱 기묘해졌다.

잠깐 입을 벙긋거리며 뭐라 말하려던 영호는 입을 굳게 다물었다.

"뭐길래 그렇게 진지한 표정이에요? 저승 다녀오더니 갑자기 태도가 왜 이래요?"

"설명해 주기는 어려운데, 일단 월드 시리즈 우승하면 알려 주마."

"젠장, 뭐 이야기하는데 조건이 달려요?"

투덜거리면서도 상진은 계속 웃고 있었다.

오랜만에 돌아온 영호는 분명 그가 심적으로 기댈 수 있는 버팀목이었다.

상진은 들고 있던 치킨을 내밀었다.

"그동안 혼자 먹으려니까 맛이 없더라고요. 같이 먹죠."

그리고 영호도 그제야 피식 웃으면서 닭다리를 받아 들었다.

*　　　　*　　　　*

시즌 최종전이 끝나고 와일드카드를 결정하는 경기가 진행이 됐다.

내셔널리그에서 와일드카드 게임에 진출한 팀은 세인트루이스 카디널스와 워싱턴 내셔널스였다.

그리고 단판 승부는 토니 스미스의 맹활약으로 카디널스가 7점을 내며 대승을 거두었다.

"애틀란타 브레이브스라."

"왜? 신경 쓰이냐?"

"이미 붙어 봤는데 신경은 무슨."

딱히 애틀란타와의 경기는 걱정되지 않았다.

시즌을 치르면서 붙어 본 감상으로 애틀란타 브레이브스는 쉽게 이길 수 있어 보였다.

문제는 디비전 시리즈가 아니라 바로 챔피언십 시리즈였다.

"저쪽에서는 다저스가 올라올까? 아니면 카디널스가 올라올까?"

"나는 그냥 다저스가 왔으면 좋겠다. 어차피 붙어 보는 건 둘 다 비슷한데 카디널스는 이제 지긋지긋해."

조나단은 몸서리를 치며 고개를 세차게 흔들었다.

그건 상진도 동감이었다.

카디널스와의 경기는 이제 지긋지긋했다.

특히 끈질기게 자신을 물고 늘어지던 토니 스미스도 지긋지긋했다.

"뭐, 우선은 디비전 시리즈부터 준비해야겠지?"

애틀란타 브레이브스와의 디비전 시리즈 1차전.

그 선발은 당연히 이상진이었다.

『먹을수록 강해지는 폭식투수』 9권에 계속…